Philippe Fournier
Schwarz bleibt schwarz

Philippe Fournier

Schwarz bleibt schwarz

Aus dem Französischen
von Anne Brauner

anrich

Titel der französischen Originalausgabe:
NOIR C'EST NOIR

NOIR C'EST NOIR erschien erstmals 1994
bei L'école des loisirs, Paris

Einbandillustration: Horst-Peter Schierholz
Einbandgestaltung: Bayerl & Ost GmbH, Frankfurt
Satz: Satz- und Reprotechnik GmbH, Hemsbach
Druck und Bindung: Druckhaus Beltz, Hemsbach
ISBN 3-89106-265-6

Für Guilhem, Baptiste und Bérangère

Es gibt zwei Sorten Menschen, die das Leben schwarz sehen: leidenschaftliche Pessimisten und Ray-Ban-Träger

Eins

„Oh, nein! Jetzt reicht's, Sophie!" schrie ich außer mir. „Wenn du das machst, ist es aus zwischen uns ..."
Ich war total wütend auf Sophie, ich hätte sie umbringen können, und zwar ohne mit der Wimper zu zucken. Ist doch wahr, das ist gemein, mir so etwas anzutun, ausgerechnet mir, ihrer großen Liebe.

Es fing alles gestern morgen an, als mein Bruder Louis mir erzählte, daß Julie Bouchaloux die Familie Hammelkeule verlassen würde. Familie Hammelkeule, so heißt die nervtötende Sitcom-Serie, die außer sonntags jeden Tag um 19 Uhr in TV9 läuft und bei der mein Bruder als Autor und Gestalter arbeitet. Ich bin nicht gerade besonders stolz darauf, aber ich komme damit klar. Ich tröste mich immer wieder damit, daß Zolas Familie genauso viel Spott ertragen mußte wie ich.
In der Familie Hammelkeule gibt es drei Kinder, und Julie Bouchaloux spielt eins davon. Ich kenne sie ganz gut, Louis hat sie schon mehrmals zu uns

eingeladen. Sie ist erst 14, aber sie gehört zu der Sorte, die sich nach jedem Bissen die Nase pudert. Sie hält sich wirklich für einen Star und schaut dauernd in den Spiegel, um sich am Bild ihres galoppierenden Größenwahns zu ergötzen.
Ich muß allerdings zugeben, daß sie großen Erfolg hat und auf den Titelseiten vieler Zeitschriften abgebildet war. Über sie wurden schon mehr Reportagen geschrieben als beispielsweise über Victor Hugo. Man konnte sie mit ihren Eltern – stolz wie südamerikanische Diktatoren – bewundern, mit einer Perserkatze auf dem Kopf, im Badeanzug durch ihr eigenes Schwimmbad gleitend, bei der Einweihung des Jugendkulturhauses in Montreuil, bei ihrem Kieferorthopäden und sogar in Begleitung des Fernsehmoderators Patrick Poivre d'Arvoir.
„Aber warum verzichtet sie darauf, weiter mit Familie Hammelkeule berühmt zu werden?"
„Weil sie eine große europäische Serie mit internationalen Schauspielern dreht!"
„Was finden die denn bloß an dieser Ziege?"
„Sie ist hübsch, natürlich, und sie hat Talent. Das ist doch schon was!"
Ich fand es eigentlich eher lustig, daß Julie Bouchaloux, The Star, aus der Sitcom meines Brüderchens ausstieg. Als Louis mich aber fragte, ob ich ein Mädchen kennen würde, das sie vielleicht ersetzen

könnte, kapierte ich schnell, daß er eine ziemlich miese Idee ausbrütete.

„Nein, nicht daß ich wüßte."

Das war keine Lüge. Wir haben zwar zwei oder drei Mädchen in der Schule, die rein physisch die Bedingungen erfüllen würden, aber das reicht noch lange nicht, um sie mir auch im Film vorzustellen.

„Und deine Freundin?!"

„Sophie?!"

„Ja, Sophie ... Sie wäre genau die Richtige mit ihrer Himmelfahrtsnase und der flatterhaften Ausstrahlung."

„Sophie ist nicht flatterhaft!"

„Doch, ein bißchen. Und genau das macht ihren Charme aus."

„Aber Sophie ist doch keine Komödienschauspielerin!"

„Jeder Mensch hat ein Talent zur Komödie ... Von gewissen Schauspielern mal abgesehen!"

Ich legte keinen Wert darauf, diese Unterhaltung fortzusetzen. Die Vorstellung, daß Sophie sich im Fernsehen zeigen würde, gefiel mir überhaupt nicht. In der Zwischenzeit war sie leider selbst gekommen, um mich zu einem Bummel auf den Champs-Élysées abzuholen. Louis ergriff die Gelegenheit beim Schopf und erzählte ihr von der freien Stelle bei Familie Hammelkeule.

„Super!" rief Sophie. „Das wäre absolut cool! Ich

fand Theater immer schon toll! Und ich habe immer bei allen Aufführungen vor den großen Ferien mitgemacht . . ."

Ich habe nur noch mit dem Kopf gewackelt wie ein Bauer, der den Wetterbericht nicht versteht. Das gefiel mir ganz und gar nicht. Ich fand Sophie bei den Schulaufführungen ganz gut, klar, aber Familie Hammelkeule, das geht zu weit, alle finden sie toll und machen sich lustig über mich . . .

Louis bat Sophie, um 15.30 Uhr ins Aufnahmestudio zu kommen.

„Du kannst dich auf mich verlassen, Louis!"

Wir verließen die Wohnung, Sophie und ich. Kaum zu glauben, wie sehr ich sie verabscheute. Und sie strahlte wie ein Honigkuchenpferd.

In der Métro sah ich durch die schmutzige Fensterscheibe starr nach draußen. Ich konzentrierte mich auf die Kinoplakate in den Stationen, auf das Menschengewimmel, die Clochards und die grelle Beleuchtung.

„Was hast du denn, Fred?"

„Nichts!"

„Hast du dich mit deinem Bruder gestritten?"

„Nein!"

„Also bin ich schuld?! Was habe ich dir denn getan, Fred?"

„Eigentlich nichts ... es sei denn, du steigst in die Familie Hammelkeule ein!"
„Ach, das ist es ...! Du willst nicht, daß ich ein Star werde, was?"
„Genau!"
„Tja, so ein Pech. Mir gefällt das, in der Sitcom mitzumachen und ein Fernsehstar zu sein ... Du bist dann der Freund einer berühmten Schauspielerin, Fred! Hebt das etwa nicht dein Ego?"
Da war es soweit, ich mußte einfach schreien. Mädchen sind grauenhaft, sie denken nur an sich. Sophie geht mit meinem Ego um wie mit ihrer ersten Barbiepuppe! Man sollte meinen, wenn sie nur einen Funken gesunden Menschenverstand hätte, würde sie merken, daß ich wahnsinnig unglücklich werde, wenn ich nur noch ihr Prinzgemahl bin, eine halbe Portion, der Willi von Fräulein Hammelkeule. Da reagiere ich total allergisch.
„Sophie, wenn du beim Vorsprechen durchkommst, mache ich Schluß!"
„Ist gebongt, Fred!"
Ich fühle mich miserabel. Sophie läßt mich fallen, und das macht mich fertig. Sophie ist nämlich meine einzige Freundin. Die erste. Seit vier Monaten gehen wir jetzt schon zusammen. Ganz kurz vor den großen Ferien hat es mit uns angefangen. Sophie verbrachte die Ferien mit ihren Eltern; im Juli blieben sie in Paris und im August fuhren sie ans Cap

d'Agde. Ich war mit meinem Bruder und meiner Schwester Martine in Italien, in Rom.
Wir haben uns beinahe jeden Tag geschrieben, Sophie und ich, lange Briefe, vollgestopft mit Adjektiven und Adverbien. Und als wir uns am Schulanfang wiedersahen: Schubidubidu. Wir sind in derselben Klasse, in der 9. Ich habe mich direkt hinter Sophie gesetzt, neben meinen Kumpel Gros-Sabots. So kann ich mir meine Geliebte den ganzen Tag ansehen. Sie hat einen wunderschönen Rücken! In den Pausen treffen sich unsere Gesichter, frischer Atem vermischt sich mit frischem Atem, das ist auch schön.
Seit meine Eltern bei einem Unfall gestorben sind, lebe ich mit Louis, der jetzt 26 ist, und Martine, die eine Tonne zuviel wiegt – ein bißchen Aquastretching würde ihr bestimmt nicht schaden!
Louis und Martine haben Sophie, die ich ihnen als die große Liebe meines Lebens vorgestellt habe, wohlwollend akzeptiert. Meine Julia! Meine Isolde! Meine persönliche Kim Basinger!
Louis findet, daß ich seitdem ausgeglichener bin. Vor Sophie habe ich eher alles niedergemacht. Ich hatte so eine bockige Art und rannte offene Türen mit Gewalt ein. Martine dagegen sieht keinen großen Unterschied zwischen der Zeit vor Sophie und jetzt. Ich muß dazu sagen, daß Martine und ich zueinander stehen wie Tom und Jerry. Wenn wir

zusammen in einem Raum sind, riecht es direkt nach Krankenhaus. Martine ist meine Erzfeindin, ich hasse alles, was sie verkörpert. Und sie zahlt mir mit gleicher Münze heim, die alte Giftspritze. In Wirklichkeit ist es mehr ein Spiel, wir piesacken uns zum Spaß und weil wir es so gewöhnt sind. Martine ist 17, aber sie könnte für 30 durchgehen, weil sie so viele Farbschichten draufhat wie ein Bild von Picasso. Eins verstehe ich allerdings nicht: Den Jungs gefällt sie so! Sie wechselt sie so oft wie ihre Frisur. Da wäre Gilles, mit dem seit Beginn des neuen Schuljahres Schluß ist und der seitdem wie ein begossener Pudel durch die Gegend schleicht. Und Marc, der zur Zeit am Ruder ist und als Gitarrist in einer Rockband spielt. Wenn der bei uns ist, fühle ich mich wie auf dem Festival in Woodstock! Überall stehen Verstärker und Instrumente herum, das Sofa im Wohnzimmer bricht beinahe zusammen, und der Putz bröckelt von den Wänden. Martine behauptet, daß Marc in ein paar Jahren zu den Giganten des Rock gehören wird. Bei dem Krach braucht er jedenfalls bald eher ein Hörgerät als einen Verstärker!
Wir wohnen im Marais, in der alten Wohnung unserer Eltern. Louis arbeitet als Sitcom-Autor und spielt in seiner Freizeit das Familienoberhaupt. Wäre es Martine, hätten wir hier eine stalinistische Diktatur, das steht fest.

Ich war trotz allem damit einverstanden, Sophie zu den Studios von La Plaine-Saint-Denis zu begleiten. Louis erwartete uns schon in der Eingangshalle und führte uns sofort ins Büro von Sam Potin, dem Produzenten. Sam, ein eingefleischter Junggeselle, lebt in 24 Bildern pro Sekunde. Ein Arbeitstier, hat ständig neue Projekte im Kopf. Auf seinem Schreibtisch stehen zwei Computer, drei Telefone, dutzendweise Aktenordner und überquellende Aschenbecher. Der Typ, der die Kernkraftwerke erfunden hat, hatte sicher Sam vor Augen.
Ich hielt mich ein wenig abseits hinter Louis und Sophie. Sam fand Sophie echt klasse, das habe ich sofort gesehen. Lächelnd reichte er ihr seine Pranke.
„Guten Tag, Mademoiselle! Wenn Sie sich bitte hierhin setzen würden . . .“
Sophie und Louis setzten sich auf die Designerstühle gegenüber von Sam, der sich paffend eine Riesenzigarre ansteckte.
„Soso“, sagte Sam, „Sie wollen also wirklich im Fernsehen auftreten?“
„Aber ja! Sonst wäre ich ja wohl nicht hier!“
„Logisch, stimmt . . . Nun, vom Äußeren passen Sie zu der Rolle. Nicht wahr, Fergus?“
„Das Mädchen ist ideal, Sam!“ meinte mein Bruder.
„Können Sie denn auch sauber sprechen, Mademoiselle?“

„Ja! ICH SPRE-CHE AB-SO-LUT SAU-BER, MON-SIEUR!“
So ein schlaues Luder! dachte ich.
„Hören Sie, so geht's weiter: Louis Fergus gibt Ihnen ein Drehbuch, und Sie lernen bis morgen Ihre Rolle. Der Regieassistent hört Sie ab, und wenn alles klappt, gebe ich Ihnen einen Vertrag. Okay?“
„Okay!“
„Wunderbar! Wenn Sie mich jetzt bitte entschuldigen würden, ich habe ein Dutzend wichtiger Verabredungen. Auf Wiedersehen, Mademoiselle! Ciao, Fergus!“
„Ciao, Sam!“
Wir fuhren im Citroën meines Bruders nach Paris zurück. Sophie war froh, Louis nicht unzufrieden und ich total schlecht drauf.
Warum tun die Leute bloß alles, um mich zu ärgern?

Zwei

„Stimmt das, Fred, daß Sophie zum Fernsehen geht?“ fragte Gros-Sabots.

„Ja!“

„Na hör mal, das ist doch super! Dann haben wir ja einen Star in unserer Klasse!“

„Wenn du willst, trete ich meinen Platz als Impresario gerne an dich ab!“

„Ja wie, bist du etwa nicht glücklich, mit einer berühmten Schauspielerin zusammen zu sein?“

„Offen gesagt nein! Mir wäre es lieber, wenn sie die Klappe halten würde.“

„Das ist aber nicht besonders nett, Freundchen! Immer hast du was zu meckern. Du wirst dich nie ändern, Fred!“

„Ich fühle mich ganz wohl in meiner Haut, Gros-Sabots.“

„Du meinst wohl in deinem Panzer!“

„Genau, ich bin ein alter Hummer. Knack, Knack!“

Gros-Sabots, keine Frage, der ist zu allem bereit, der würde das erstbeste Tretboot nehmen, um den Indischen Ozean zu überqueren! Ein seliger Optimist, der sich von Hamburgern und Chips ernährt. Manchmal ist es ganz interessant, mit ihm befreundet zu sein, aber meistens ist es eine Strafe. Wie ein Elefant im Porzellanladen. Aber er ist der einzige Freund, den ich ohne Drohungen oder Gewalt halten konnte. Ich habe sowieso nicht gerne Freunde. Da soll man immer sagen, was man denkt, irgendwelche Banalitäten erzählen oder Geheimnisse ausplaudern. Ich schätze die Einsamkeit und den damit verbundenen Mangel an sozialem Zwang. Wenn ich schlecht drauf bin, kann Gros-Sabots sehen, wo er bleibt.

Damit ja kein Mißverständnis aufkommt: Für Sophie bin ich immer zu sprechen. Normal, sie ist ja meine Freundin. Aber Sophie versteht mich, sie läßt mir meine Ruhe, fragt nicht zuviel und tröstet mich, wenn ich meine Depris habe.

Seit gestern bin ich todunglücklich – wegen Sophie, und sie unternimmt nichts, um mich zu trösten. Zu allem Überfluß stimmt diese dumme Nuß von Gros-Sabots ihr auch noch zu und applaudiert mit Händen und Füßen. Eins ist schon mal klar: Bis auf weiteres werde ich mich aus den Fanclubs von Gros-Sabots und Sophie verabschieden. Das wäre nicht das erste Mal: Von den letzten fünf Jahren war ich bestimmt dreieinhalb mit Gros-Sabots über Kreuz – Ferien und Feiertage nicht mitgezählt.

Heute habe ich schon mal angefangen, mich zurückzuziehen. In der Pause heute morgen habe ich mich mit Bruno Corniche, genannt Cornichon, dem Mathegenie unserer Klasse, unterhalten. Er will in Geophysik groß rauskommen, ein ausreichender Grund, um ihn auszuschließen. Die Mädchen haben ihm den Spitznamen Atom verpaßt, und die Jungs ernennen ihn in der Fußballmannschaft meistens zum fünften Auswechselspieler. Ich habe Cornichon ganz gern, weil er ein sehr guter Zuhörer ist. Ich könnte ihm eine Stunde lang die „Contemplations" von Victor Hugo aufsagen, ohne daß er mir die Luft abdrehen und mich fragen würde, ob mir die Schildkröten in Florida das Hirn weggefressen haben. Das ist ein gelungenes Kontrastprogramm zu Gros-Sabots, dem wandelnden Fragezeichen.

Ich war also gerade dabei, Cornichon vollzulabern, als Sophie ankam, entspannt und sanftmütig wie Minnie Maus.

„Kommst du heute nachmittag mit, Fred?"

„Wohin denn?"

„Zur Plaine-Saint-Denis!"

„Und was ist mit der Englischstunde?"

„Ich habe eine Ausgangserlaubnis!"

„Ich aber nicht!"

„Schade, Fred!"

„Finde ich überhaupt nicht!"

„Kommst du denn jetzt mit?"
„Nein, ich bin mitten im Gespräch mit Cornichon!"
„Ich wußte gar nicht, daß der sprechen kann!"

In der Englischstunde bin ich vor Angst beinahe gestorben. Wie gelähmt. Dauernd mußte ich an Sophie und die Familie Hammelkeule denken. Als hätte ich nur noch Matsch in der Birne. Ich habe ja jetzt schon dauernd dunkle Klamotten an. Die Kumpels nennen mich Leichenträger; wenn Gros-Sabots mit mir zusammen ist, sagen sie, daß er Trauer trägt . . .
„I WENT TO MANCHESTER YESTERDAY! Würden Sie das bitte wiederholen, Fergus?"
„Äh . . . Yes . . . I am a poor lonesome cowboy!"
„What is it?"
„Excuse me, Miss Giraud . . . I am in the moon . . ."
Ich hatte nicht aufgepaßt and was laughed at by the master. Gros-Sabots hat sich schiefgelacht.

„Sophie hat die Rolle bekommen!" sagte Louis, kaum daß ich durch die Haustür kam.
„Na klar, bei soviel Vitamin B!" murmelte ich niedergeschlagen.
„Absolut nicht! Sie ist ganz toll, sie lernt schnell

und hat ein Gedächtnis wie ein Elefant. Wenn sie sich richtig dafür begeistert, kann sie es weit bringen."

„Okay, aber ohne mich!"

„Du solltest sie anrufen und ihr gratulieren, Fred!"

„Sonst noch was?"

Bis zum Abendessen schloß ich mich in meinem Zimmer ein. So bin ich nun mal, wie eine Auster.

Martine kam, um mich zu holen: „Essen kommen, du Sturkopf!"

„Ich komme!"

Louis saß schon am Tisch und schnitt das Brot in Scheiben.

„Ich habe uns Spaghetti Bolognese gekocht!" sagte Martine.

„Das soll uns wohl an Rom erinnern", sagte Louis lächelnd.

„Der Name vielleicht", meinte ich. „Geschmacklich – gute Nacht!"

„Wenn's dir nicht schmeckt, brauchst du noch lange nicht den anderen den Appetit zu verderben."

„Hältst du dich etwa für Bocuse?"

„Was dagegen?"

„Bild dir bloß nichts ein!"

„Schluß jetzt, alle beide!“ donnerte Louis. „Eßt jetzt gefälligst und haltet die Klappe!“
„Weißt du was, Louis“, sagte ich, während ich den Nudelersatz in mich reinstopfte, „ich würde mir gern einen Camcorder kaufen.“
„Das ist durchaus im Rahmen des Möglichen, Fred. Du verfügst über genügend Geld, um dir alles zu kaufen, was du willst ... aber ich fände es besser, wenn du das Geld sparen würdest, wenigstens bis du volljährig bist. Es wäre ideal, wenn du damit auch noch dein Studium finanzieren könntest.“
„Wieviel Kohle habe ich denn?“
„Jede Menge! Papa und Mama haben jedem von uns ein hübsches Sümmchen hinterlassen. Ganz zu schweigen von den Aktien, die auch noch einiges einbringen. Wir verbrauchen nur einen Bruchteil davon, weil wir zum größten Teil von meinen Einkünften als Autor leben.“
„Also liegen wir dir auf der Tasche, Louis?“ fragte ich.
„Ja. Aber das ist ganz normal. Ich erfülle nur meine Pflicht als Vormund und Familienoberhaupt.“
„Na gut ... Im übrigen“, fuhr ich fort, „will ich arbeiten gehen.“
„Als was denn, als Vogelscheuche vielleicht?“ fragte Martine boshaft.
„Nein, Zeitungen austragen.“
„Sehr gut, Fred!“ meinte Louis.

„Ein Kumpel von mir hat das letztes Jahr gemacht. Ist ganz einfach, man muß nur früh aufstehen."
„Bist du sicher, daß deine schulischen Leistungen nicht darunter leiden?" fragte Louis, der in dieser Hinsicht sehr genau ist.
„Ich gehe einfach eher ins Bett. Die Schule geht bis halb fünf, da kann ich vor dem Abendessen locker meine Schularbeiten machen."
„Und wenn du nichts ißt, hast du sogar noch mehr Zeit", lästerte mein Schwesterherz.

Drei

Heute morgen bin ich um halb sechs aufgestanden, zu einer Zeit, wo sich die Hähne noch unter die Federn der Hühner kuscheln. Nach zehn Minuten unter der Dusche, von denen fünf für den Versuch draufgingen, Tahiti-Inselduft aufzuschrauben, war ich soweit. Ich begab mich in die Rue du Louvre zur *Figaro*-Zentrale, um dort fünfzig Zeitungen entgegenzunehmen, und begann mit dem Austragen.

Meine „Kunden“ wohnen alle in unserem Viertel, das ist praktisch, weil ich die Straßen gut kenne. Das schlimmste ist, daß alle Zeitungen unbedingt bis halb acht verteilt sein müssen. Heute ist alles gutgegangen, kein besonderer Vorfall. Ach doch! Einer meiner Kunden ist der Vater von Cornichon. Er wohnt am Boulevard Beaumarchais, drei Schritte von der Bastille entfernt. Als ich klingelte, öffnete Cornichon die Tür.

„Was hast du denn hier zu suchen, Fred?“ fragte er, total erstaunt, mich auf seiner Schwelle anzutreffen.

„Ich bringe die neuesten Nachrichten!“

„Unglaublich!“

„So bin ich nun mal! Immer für eine Überraschung gut und dazu noch unberechenbar!"
Um in der Zeit zu bleiben, muß man topfit sein. Keine Sekunde Zeit für Faxen. Von den fünfzig Zeitungen muß ich nur sieben direkt an der Haustür abliefern, den Rest stecke ich einfach in die Briefkästen. Das spart Zeit. Trotzdem grenzt das Ganze an Leistungssport!
Ich muß immer noch an Sophie denken. Ich verstehe sie nicht mehr. Letztes Jahr war sie noch so schüchtern. Wenn ein Lehrer sie an die Tafel rief, versteckte sie sich hinter der Kreide. Und jetzt will sie sich so zur Schau stellen! So sind die Mädchen eben: Innerhalb einer Viertelsekunde schaffen sie den Übergang von der Geige zur Kreissäge.
Außer Martine, of course! Die läßt sich durch nichts erschüttern.
Gros-Sabots kriegt sich nicht mehr ein wegen meines Jobs.
„Bei deiner Knete könntest du doch die Zeitung selbst kaufen, statt dessen verteilst du sie! Du bist ein Masochist, Fred."
„Aber die Erfahrung, nichts geht über eigene Erfahrungen . . . Und den Schweiß auf der Stirn!"

„Und wie sieht's bei Cornichon so aus?"
„Super, der Alte, überhaupt nicht exzentrisch!"
„Und seine Mutter?"

„Hab ich nicht gesehen."
In der Pause erzählte mir Sophie, daß ihre Eltern damit einverstanden waren, daß sie am Wochenende und in den Ferien als Schauspielerin arbeitete.
„Die sind ja total bekloppt, deine Eltern!" sagte ich gereizt.
„Du bist ja nur neidisch, wetten?!"
„Neidisch, ich? Ich weiß noch nicht mal, was das überhaupt ist, Neid!"
„Kann man auch nicht lernen, Fred, das ist angeboren!"

Vor der Französischstunde schwang sich Zorg, der größte Angeber in unserer Klasse, auf das Lehrerpult.
„Ruhe bitte . . . ! Der Direx . . ."
„Huh! Huh!"
(Wir haben unseren Direx so gern, daß wir ihm am liebsten Paris-Dakar schenken würden – natürlich ohne Rückfahrkarte!)
„Der Direx hat mir den Termin der Klassensprecherwahl mitgeteilt", brüllte Zorg, um sich verständlich zu machen. „27. September!"
„Nieder mit der Demokratie!" schrie Latuile. (Sein Vater ist unverbesserlicher Monarchist.)
„Die Kandidaten werden nächsten Montag aufge-

stellt“, fuhr Zorg fort. „Danach haben sie eine ganze Woche Zeit für die Wahlkampagne.“
„Dürfen sich auch Mädchen bewerben?“ fragte Patricia.
„Klar, jeder darf mitmachen. Aber es wäre besser, wenn es nicht zu viele Kandidaten gäbe.“
„Wieviele denn?“
„Warten wir's ab ...“
Die Position des Klassensprechers reizt mich nicht besonders. Erstens muß man zu allen Versammlungen gehen und sich ohne Widerworte die Vorwürfe der Pauker anhören. Außerdem werden es meistens die beliebteren Typen. Ich dagegen spüre sehr wohl, daß meine Mitschüler wissen, daß ich sie nicht richtig gern habe.
„Zorg wird bestimmt wiedergewählt“, sagte Gros-Sabots.
„Woher weißt du das? Mit so viel Energie hat er uns im letzten Schuljahr nun auch wieder nicht vertreten. Oder hast du die elf Sitzenbleiber vergessen?“
„Und du bist ein echter Wunderknabe, was, Fred!“
„Klar, und ohne Französisch wäre ich immer noch ganz unten!“
„Also eins ist jedenfalls klar: Ich stimme für Zorg!“
„Auch wenn jemand anders kandidiert?“

„Wer denn?"
„Keine Ahnung ... Der maskierte Kandidat!"
„Du hast keine Chance, wenn du dich aufstellen läßt, Fred!"
„Vielen Dank für die Aufmunterung, Gros-Sabots!"

Total fertig ging ich nach Hause. Die „Marseillaise" würde heute keiner von mir zu hören bekommen, nicht mal die Ehrenlegion.
Martine trank in der Küche eine Cola mit ihrem Marc, und Louis war im Arbeitszimmer.
„Gibt's was Neues, Sturkopf?"
„Alles wie gehabt!"
„Und Sophie?"
„Sie wartet sehnsüchtig darauf, daß wir achtzehn werden!"
„Mein kleiner Bruder ist für die Hochzeit vor der Ehe", frotzelte Martine.
„Also, ich muß los! Wir haben Probe bei Bob", grummelte Marc in der Manier eines Neandertalers und stand auf.
„Kein Küßchen für mich, Marcounet?"
„Aber ja ..."
Schmatz! Saug! Meine Schwester ist total unmöglich! Marc verzog sich, die Chevignon-Jacke lässig auf den Hängeschultern.
Ich nahm eine Tafel Noisette aus dem Schrank über

der Spüle, holte das Englischbuch aus der Schultasche und machte mich ans Büffeln. Es fiel mir schwer, mich zu konzentrieren. Martine hing sich zehnmal ans Telefon, dann ließ sie die Waschmaschine laufen, und die hört sich an wie die reinste Kalaschnikov. Zu allem Überfluß hörte Louis die neueste Aufnahme der "Tosca" mit Placido Domingo, der ja auch nicht gerade für sein Flüstern berühmt ist.
Dann ließ ich meine Gedanken schweifen.
Bin ich etwa neidisch auf Sophie? Hm! Neid ist das falsche Wort, aber es deprimiert mich, daß sie die Tochter in der Familie Hammelkeule wird. Louis ist echt ein Schwein, er hat sie dazu gebracht. Mir hat er noch nie eine Rolle angeboten. Anscheinend findet er, daß ich als Komödiant der totale Versager wäre. Dabei hätte es mir echt Spaß gemacht.
Ich habe die Schnauze voll von diesem öden Leben.
Ich bin total verzweifelt.
Es war acht Uhr.
„Sag mal, kannst du mir mal das Besteck rüberreichen?"
„Wenn du willst, kann ich dich auch in die Tischdecke wickeln und in die Seine werfen!"

Vier

Ich habe von meinem Chef eins draufgekriegt. Gestern habe ich einen meiner *Figaro*-Kunden vergessen: Monsieur Houston. Das ist ein komischer Typ! Viermal hat er in der Zentrale angerufen, um sich zu beschweren. Dabei bin ich mir beinahe sicher, daß man mir weder seinen Namen noch seine Adresse gegeben hat. Allerdings sollte sich ein Zeitungslieferant nicht gerade durch Widerspruchsgeist auszeichnen.
Heute morgen erwartete mich Monsieur Houston Gewehr bei Fuß vor seinem Briefkasten in der Rue de Bretagne.
„Wo hast du nur deinen Kopf, mein Junge!" schleuderte er mir entgegen.
„Es tut mir leid, Monsieur . . ."
„Das Unglück ist nun mal geschehen. Gib mir meine Zeitung, und daß mir so was nicht wieder vorkommt, verstanden?"
„Ja, Monsieur . . ."
Heute war Samstag. Louis fuhr ins Studio, um Sophies erste Schritte vor der Kamera mitzuerleben.

„Kommst du nicht mit, Fred?"
„Kommt gar nicht in die Tüte!"
„Darf ich vielleicht erfahren, aus welchem Grund?"
„Aus deiner Sicht ist der Grund sicher nicht stichhaltig, aus meiner Sicht aber sehr wohl!"
Mit einem Schulterzucken ist Louis dann gegangen. Martine verschwand wenige Augenblicke später. Sie ging einkaufen. Gegen elf rief Gros-Sabots an.
„Was hast du heute vor, Fred?"
„Nichts."
„Ich gehe ein bißchen bummeln, kommst du mit?"
„Wo denn?"
„Mal sehen."
„Ich komme . . ."

Um zwölf klingelte ich bei meinem Freund. Gros-Sabots verschlang ein Thunfisch-Mayonnaise-Brötchen, das ihm seine Mutter geschmiert hatte. Die Mayo tropfte auf sein T-Shirt.
„Hast du schon zu Mittag gegessen, Fred?" fragte seine Mutter.
„Nein."
„Möchtest du auch ein Brötchen?"
„Nein danke, es geht schon, ich habe keinen Hunger."

Auf diese Weise konnten wir direkt gehen. Es war ganz schön draußen. In der Nachsaison ist es oft sonniger als im Hochsommer. Gros-Sabots behauptet, das läge an den vielen Bomben, die würden das Klima verändern. Aber Gros-Sabots sagt viel, wenn der Tag lang ist.

Wir gingen ans Seineufer, weil wir sonst nie dort hingehen. Normalerweise stöbern wir samstags im Kaufhaus Fnac, wo man fast zerquetscht wird und einem alle auf die Füße treten. Am Seineufer gibt es viele Zoogeschäfte. Echt ekelhaft, wie all die Köter heulend auf ein Frauchen warten, das sie mit Chappi vollstopft. Und es gibt Eltern, die ihren Kindern dieses Schauspiel mit voller Absicht zumuten – so eine Folter haben die bestimmt nicht verdient.

Gros-Sabots war ganz begeistert von einem knapp drei Wochen alten Siamkätzchen; es war wirklich wunderschön. Wir schauten eine ganze Weile zu, wie es herumhüpfte und mit sich selbst spielte. Plötzlich entdeckte ich einen Bekannten. Monsieur Houston! Er kaufte Schachteln mit Fliegen und Mücken.

„Kennst du den?“

„Ja, das ist so ein Blödmann, dem ich morgens die Zeitung bringe.“

„Er hat bestimmt ein Haustier.“

„Einen Vogel, schätze ich.“

„Es sei denn, er ernährt sich selbst von Insekten."
„Wer weiß?"
Ich hatte tierischen Hunger, Gros-Sabots auch. Wir gingen zu McDonald's und verdrückten ein paar Hamburger.
Danach sind wir dann doch zu Fnac gegangen und haben wie immer Platten gehört und Comics gelesen.

„Eine Folge ist schon im Kasten!" verkündete Louis lächelnd. „Sophie ist sehr witzig!"
„Dann hat sie sich wirklich gut verstellt", antwortete ich säuerlich.
„Wir behalten sie bis Juli nächsten Jahres."
„Also bist du wieder ganz allein?" fragte Martine, der diese Vorstellung sichtlich Freude zu bereiten schien.
„Stell dir vor: Auch wenn ich eine Freundin habe, bin ich allein."
„Letzte Woche klang das noch ganz anders!"
„Letzte Woche war ich auch noch normal!"
„Wie, normal? Ein Psychopath, oder was?"
„Ich gehe schlafen . . ."

Fünf

Montag.
Heute morgen war die Klasse in heller Aufregung, alle sprachen nur von der Klassensprecherwahl. Zorg hat beschlossen, nicht wieder zu kandidieren, weil er sich ganz dem Fußball widmen will. Seit August macht er auch noch bei Autorennen mit, und zusammen mit den Trainingseinheiten nimmt das seine gesamte Zeit in Anspruch.
Kurz, wir brauchten einen neuen Kandidaten, der, wenn möglich, so frei sein sollte wie der Wind. Die Jungs versammelten sich hinten in der Klasse, um herauszufinden, wer von uns sich bewerben sollte.
„Hast du keine Lust zu kandidieren, Gros-Sabots?“ fragte Zorg.
„Oh, nein, bestimmt nicht! Ich sehe die Lehrer oft genug, vielen Dank!“
„Steve?“
„Würg!“
„Cornichon?“
„Nein, der nicht, der ist doch stumm“, hetzte Gros-Sabots im Spaß.

„Wir müssen aber jemanden aufstellen“, mahnte Zorg, ernüchtert von den vielen freiwilligen Meldungen.

„Welche Fähigkeiten muß der Kandidat denn eigentlich mitbringen?“ fragte Éric Le Guennec, ein Bretone mit wässrigblauen Augen, der aussieht wie Jesse Garon.

„Er muß ein echter Kumpel sein, das ist die Hauptsache!“ sagte Zorg.

„Gute Kumpel sind wir doch alle!“ meinte Gros-Sabots.

„Bis auf Fred“, sagte Steve und sah mich streng an.

„Stimmt, Fred ist zu egoman!“ Zorg setzte noch eins drauf.

„Er ist mein Freund“, verteidigte mich Gros-Sabots.

Ich schrumpfte in mich zusammen und hielt die Klappe; ich hatte einfach nicht genug Mut, um mich einzumischen. Außerdem ging mich das Ganze sowieso nichts an. Was kümmert mich der Klassensprecher? In diesem Punkt kann ich meinem Bruder nur zustimmen, der sagt: Die Leistung zählt, sonst nichts. Wenn man gute Noten hat, braucht man auch keinen Anwalt.

Die Mädchen, die sich in ihrer Ecke berieten, standen genauso unter Strom wie wir. Patricia näherte sich unserer Gruppe.

„Ich habe eine Neuigkeit für euch, Jungs“, erklärte sie von oben herab, ungefähr so wie Bill Clinton vor dem Kongreß.
„Willst du dir Girlanden in die Haare flechten?“ machte Zorg sie an.
„Wir haben uns entschlossen, eine Kandidatin aufzustellen“, fuhr Patricia fort, ohne sich um die verschiedensten Gluckser und Lacher zu kümmern.
„Und was heißt das?“ fragte Zorg, plötzlich verstimmt.
„Das ist doch ganz klar! Diesmal wird ein Mädchen Klassensprecher!“ sagte Patricia entwaffnend.
„Das wäre ja noch schöner“, grollte Zorg. „Eine Klassensprecherin, das wäre das Ende der Zivilisation in dieser Schule!“
„Da staunst du, was? Aber daran wirst du dich wohl gewöhnen müssen.“
Wir waren ziemlich geplättet. Die Mädchen hatten uns glatt den Krieg erklärt.
Zorg zählte schnell zusammen: „Rein rechnerisch sind wir den Mädchen unterlegen. Elf gegen fünfzehn!“
Ich fing langsam an, die Sache komisch zu finden. Okay, meinetwegen bin ich ein bißchen machomäßig drauf, ich bringe Sophie nie selbstgepflückte Blumen mit und schreibe ihr auch keine Gedichte. Aber die Jungs sind auch nicht immer das Gelbe

vom Ei. Letztes Jahr habe ich mich enthalten, meine Stimme hat Zorg nicht bekommen. Also beunruhigte diese Wahl mich nicht besonders. Ich hatte ja keine Ahnung . . .

Sophie ging zum Pult und klopfte ein paarmal mit dem Lineal darauf.

„Seid mal eine Minute ruhig, bitte! Ich möchte euch mitteilen, daß ich mich um den Posten der Klassensprecherin bewerbe“, verkündete sie mit einem göttlichen Lächeln.

Gros-Sabots bekam vor lauter Staunen den Mund nicht mehr zu. Ich persönlich glaubte, jeden Moment in Ohnmacht zu fallen.

Sophie, meine Sophie als Kandidatin! Das ist mein ganz persönliches Waterloo, Pearl Harbour, Hiroschima, Little Big Horn, Paris St. Germain gegen Juventus Turin – jetzt ist alles aus!

Zorg schäumte vor Wut.

„Jungs“, sagte er. „Das zahlen wir ihnen zurück. Wir werden einen Kandidaten aus dem starken Geschlecht aufstellen.“

„Aber wir haben doch sowieso schon verloren“, gab Gros-Sabots zu bedenken.

„Nur die Schlachten, die man gar nicht erst schlägt, sind von vornherein verloren!“ erwiderte Zorg ganz im Geiste Napoleons. „Ich werde mich persönlich darum kümmern und das eine oder andere Mädchen auf unsere Seite ziehen.“

„Alles schön und gut, aber wer ist denn nun unser Kandidat?“ motzte Steve, wenig überzeugt von Zorgs Gedankenflügen.
„Ich!“ fuhr es aus mir heraus, ohne daß ich darüber nachgedacht hätte.
Meine Kumpel starrten mich an, Bestürzung in den Augen, und überlegten, ob ich das ernst meinte. Steve sah aus, als käme er aus einem Horrorfilm, Gros-Sabots schluckte laut, und Zorg schlug sich mit der Hand gegen die Stirn.
„ Ich trete für euch gegen Sophie an!“ wiederholte ich, um die Sache spruchreif zu machen.
„Machst du Witze?!“ fragte Zorg wie betäubt.
„Kein bißchen!“
„Also, da ist mir Sophie allemal lieber!“sagte Steve verächtlich.
„Laßt uns solidarisch sein“, sagte Gros-Sabots. „Fred mag nicht gerade der David Hasselhoff unserer Klasse sein, aber er ist ein Junge . . . Der Rest ist nur eine Frage der Reklame!“
„Gros-Sabots hat recht“, meinte Éric. „Mit einer guten Werbestrategie wird sogar ein Wildkaninchen gewählt.“
„Okay, für das Karnickel!“ rief Édouard.
„Hoch lebe die Karnickelkrankheit!“ schrie Dupanloup.
„Kommt wieder runter, Jungs!“ sagte Gros-Sabots. „Das ist eine ernste Sache.“

„Nun gut!“ faßte Zorg zusammen. „Wir unterstützen Fred . . . Aber die zwölf Arbeiten des Herkules sind nichts dagegen, das könnt ihr mir glauben.“
Nach diesen tröstlichen Worten ging Zorg zu den Mädchen, um ihnen zu verkünden, daß ich der erbarmungslose Gegenkandidat Sophies sein würde.
Sophie sah ganz krank aus, und mein Rachedurst war fürs erste gestillt.
Unsere aufgeladenen Blicke kreuzten sich, als träfe Haß auf Gift.
Gros-Sabots schlug mir auf die Schulter.
„Du tust mir echt leid, Fred! Du steuerst geradewegs in ein Verbrechen aus Leidenschaft!“
Echt scharfsinnig, Gros-Sabots. Auch ein blindes Huhn findet mal ein Korn.

Sechs

It was foggy today.
Sophie baut bei ihrer Kampagne verstärkt auf mediale Unterstützung. Gestern abend wurde die Folge der Familie Hammelkeule gesendet, die sie neulich gedreht hat. Stimmt, sie spielt wirklich genial. Wie Julia Roberts in der Pampersversion. Inzwischen hat Sophie bestimmt Tausende von besessenen Fans und ebenso viele schüchtern verliebte Verehrer. Wahrscheinlich träumt jeder zweite Schüler davon, ein Bild von ihr, natürlich mit persönlicher Widmung, oder eine ihrer schönen Locken zu ergattern.
Außerdem ist Sophie nach der Schule wieder nach La Plaine-Saint-Denis gefahren, um die nächste Folge zu drehen. Louis hat es mir gesagt. Furchtbar!

Als ich Louis und Martine erzählt habe, daß ich Klassensprecher werden will, hätten sie mich beinahe gefragt, ob es mir zu gut geht.
„Wenn du gewählt wirst, freß ich einen Besen", sagte meine Schwester aufmunternd, während sie

sich eine Night-Lift-Cream ins Gesicht schmierte, um sich gegen die massiven Attacken des Älterwerdens zu wappnen.
„Also ich finde“, meinte Louis, „daß Fred durchaus Fortschritte macht; er merkt endlich, daß er nicht allein auf der Welt ist, und ich freue mich über sein soziales Engagement.“
„Trotzdem: Den zu wählen, ist das Allerletzte. Wie Hitler ungefähr“, erwiderte Martine.

Heute morgen, als ich ihm seine Zeitung brachte, bat Monsieur Houston mich herein. Seine Wohnung ist die reinste Rumpelkammer. Man merkt sofort, daß er ein eingefleischter Junggeselle ist, der keine Ahnung hat, wie man einen Haushalt in Ordnung hält. Wenn ich seine Sozialwohnung noch mal betreten muß, nehme ich einen Mop und unseren Familienhoover mit.
Jetzt weiß ich auch, warum Monsieur Houston neulich Fliegen gekauft hat: In seinem Bücherschrank machte eine Boa ihr Nickerchen.
„Hast du Angst vor Schlangen?“
„Das ist jedenfalls das erste Mal, daß ich eine im Wohnzimmer sehe!“
„Ich habe sie von einer meiner Südamerikareisen mitgebracht. Sie ist neun Jahre alt und vier Meter lang.“
„Beißt sie?“

„Nein, sie ist ungiftig. – Sie heißt Elvis Presley."
„Wieso, ist sie ein Rockstar?"
„Ja, sie liebt Popmusik über alles."
Elvis ließ sich durch meine Anwesenheit keineswegs stören und schlief, zusammengerollt wie ein Gartenschlauch, einfach weiter. Ich fand den Anblick dieses in die Stadt verpflanzten Reptils total faszinierend. Aber ich mußte gehen, um mit Volldampf meine restlichen Zeitungen auszuliefern.

Dann fuhr ich kurz zu Hause vorbei, um eine Schale Chocopops mit Milch runterzuschlingen und meine Schultasche zu holen. In der Küche traf ich Martine, die sich gerade einen Becher Quark mit 0% Fettanteil reinzog.
„Hallo, Adolf!" schmetterte sie mir mit ihrem Dampfwalzenhumor entgegen.
„Immer noch auf Diät?" gab ich zurück.
„Sprich nicht davon, sonst skalpiere ich dich."
An neunundzwanzig Tagen im Monat frißt dieses Wesen aus geballtem Fett, das sich meine Schwester schimpft, alles, was im Kühlschrank vor sich hinfriert. Aber am letzten Tag tut sie sich Gewalt an und setzt sich auf Nulldiät. Allerdings ist sie nicht so unerbittlich, wie sie vorgibt, und spätestens morgen früh läßt sie ihre Fettwülste wieder tanzen und verleiht ihnen mit Hydro-Light-Lotions oder Regenerativcremes den wahren Glanz.

In der Schule herrschte ein heilloses Durcheinander, der reine Wahnsinn! Die Mädchen zankten sich mit den Jungs, einige Jungs mit anderen Jungs, einige Mädchen mit anderen Mädchen, und mitten drin beschäftigte sich Cornichon ungerührt mit einer Algebraaufgabe.
„Wie im Zirkus!" meinte Gros-Sabots. „Vor dieser verdammten Wahl war alles so friedlich, und jetzt: Wir sind doch nicht in Chinatown!"
„Her mit den UNO-Blauhelmen!"
„Hör doch auf mit den blöden Witzen. Im übrigen gibt es in jedem Lager einen Verräter. Zorg hat Lisa überredet, zu uns überzulaufen, aber Steve hält zu Sophie."
„Ist das alles?"
„Reicht das etwa nicht? Die Katastrophe ist in vollem Gange!"
Als Clothaire, der Französischlehrer, reinkam, beruhigte sich der Hühnerstall ein wenig. Er hielt zu allem Überfluß eine Stunde über den „Cinna" von Corneille, und Corneille ist ja nun nicht gerade das Musterbeispiel eines Friedensstifters. Vielmehr rief er zu Krieg und Zerstörung auf. Émilie, die Tochter eines Verbannten und Geliebte von Cinna, kann nicht die Frau des letzteren werden, weil der sich für den Tod seines Vaters an Auguste rächen will. Gemeinsam mit Maxime, der Émilie liebt, bildet Cinna eine Verschwörung. Von Eifersucht getrie-

ben läßt Maxime seinen Kumpel Euphorbe das Komplott verraten. Am Ende verzeiht Auguste allen Beteiligten. Trotzdem ist der Stoff ganz schön heavy.

In der Pause wollte ich mit Sophie reden. Da habe ich mich aber gründlich verschätzt.
„Versuch bloß nicht, mich zu beeinflussen, Fred!" giftete sie mich an. „Mein Entschluß steht bombenfest. Im übrigen fände ich es besser, wenn wir uns bis zur Wahl nicht mehr sehen."
„Soll ich vielleicht die Klasse wechseln?"
„Warum eigentlich nicht?"
Gros-Sabots und Zorg dachten, ich hecke hinter ihrem Rücken etwas aus. Zorg kam an, um mich mit hocherhobenem Zeigefinger zurechtzuweisen.
„Du bist unser Kandidat, Fred! Da solltest du dich besser nicht mit unseren Feinden abgeben."
„Paß auf, daß du nicht zu weit gehst, Zorg!"

Der Vormittag war schon furchtbar, aber nachmittags wurde es noch schlimmer. Der Direx, total elitär in seinem Ralph-Lauren-Kaschmir aus einem einzigen Faden in Weekend-Britisch-Beige, platzte um Viertel nach drei in die Erdkundestunde. Ich dachte, er verkündet nun, daß die Schule brennt und alle nach Hause gehen oder freiwillige Feuerwehr spielen müssen. Von wegen! Dieser Riesen-

blödmann mit der fröhlichen Ausstrahlung eines Gefängnistors trompetete, er sei stolz darauf, in seinem Etablissement ein Fernsehteam begrüßen zu dürfen. Und nicht etwa, um die immer baufälligeren Fundamente oder den beklagenswerten Zustand der Klos zu filmen.
Keineswegs. Die Journalisten von TV9 wollten den jungen Filmstar Sophie, die Heldin der Familie Hammelkeule, interviewen. Ein erfrischendes Porträt inmitten ihrer Klassenkameraden! Voll aus dem richtigen Leben! Live!
„Das wird dich fünf oder sechs Stimmen kosten", munkelte Gros-Sabots in meine Richtung.
Sophie war in Trance, ultrahocherhitzt mit einem geschmeidigen Lächeln auf den Lippen. Dann kamen sie herein: vier Typen, ein Tonmeister, ein Beleuchter, ein Kameramann und ein Mikrofonträger mitsamt der ganzen Technik.
Patricia hetzte ihre Leute auf und ließ die Mädchen und den abtrünnigen Steve Beifall klatschen.
Bei Drehbeginn herrschte eine fieberhaft erregte Stimmung. Unser werter Direx räumte vor der Kamera nicht etwa das Feld, nein, er vertrieb mit einem kräftigen Schubs auch noch den Erdkundelehrer aus der Schußlinie.
Eine ganze Stunde hat das gedauert! Das reinste Martyrium!
Als wäre es noch nicht schlimm genug, fragten die

Fernsehtypen uns auch noch nach unserer Beziehung zu dem Star.
„Und du, wie ist das für dich, mit einem berühmten Mädchen in Berührung zu kommen?“ fragte mich der Chef der Truppe, der bestialisch nach Zigaretten stank.
„Da kriege ich glatt Lust, nach Patagonien auszuwandern und Schafe zu züchten!“
„Das schneiden wir hinterher raus!“

Als das Fernsehen weg war, gönnte Sophie mir einen triumphierenden Blick – Cäsar, wie er in Rom Pompejus zermalmt. Ich spürte keine Substanz mehr in meinem Körper.
Dieser Vollidiot Gros-Sabots fühlte sich verpflichtet, Sophie mit in die Höhe gerecktem Daumen zu beglückwünschen. Ich habe ihm eins vors Schienbein gegeben, daß er vor Schmerz aufheulte. Prompt gab ihm der Lehrer eine sechs. Richtig so!
„Sophie hat den Direx und das Fernsehen hinter sich“, sagte Zorg. „Wenn du nicht bald Madonna oder die Mädchen vom Crazy Horse auffährst, bist du erledigt, Fred!“

Komplett zerbröselt ging ich nach Hause. Martine aß gerade den nächsten garantiert fettfreien Quark.

„Du siehst ja völlig fertig aus. Sitzt dir einer quer oder was?“
„Ach, es geht schon. Auf deine superblöden Bemerkungen habe ich jedenfalls keinen Bock!“
„Oh, là, là! Leg deinen Kopf in die Kühltruhe, das beruhigt, du Sturkopf . . .“

Ich bin stimmungsmäßig völlig im Keller. Ich hätte mich nie auf diesen Wahlkampf einlassen sollen. Nur der Stolz hat mich dazu getrieben. Man sollte nie auf seine miesen Gefühle hören, auf diese Feinde, die man mit sich herumträgt wie Polypen oder Bakterien.
Ich dachte wieder daran, was Zorg nach dem Besuch der Reporter von TV9 zu mir gesagt hatte: „Du fällst bestimmt durch, Fred. Aber gewinnen wirst du auch, weil alle Jungs, die dich nicht mögen, trotzdem für deine Wenigkeit stimmen werden.“
Der einzige Mensch, der mich liebt, ist Sophie. Das ist verdammt tragisch, fast wie bei Corneille . . .

Sieben

Ich habe saumäßig schlecht geschlafen.
Als ich nach stundenlangem Herumwälzen erschöpft die Augen öffnete, stellte ich fest, daß mein Bett nichts mehr von seiner ursprünglich weichen Kuscheligkeit behalten hatte. Das Federbett bauschte sich auf dem knallroten Teppichboden, und das Kopfkissen lag am Fußende. Offensichtlich hatte ich mich wie eine Paprika im Mixer pausenlos um mich selbst gedreht.
Beim Frühstück beschränkte ich mich auf ein wiederbelebendes Aspirin und ein Buchweizenplätzchen. Dabei war Mittwoch, und wenn ich diese blöden Zeitungen nicht hätte austragen müssen, hätte ich den Schlaf heute vormittag satt nachholen können.
Martine schlief noch. Ihre Matratze tut mir wirklich leid.
Louis saß schon an seinem Schreibtisch und bearbeitete mit Höchstgeschwindigkeit seinen Computer. Er hatte sich sogar schon rasiert, geduscht, und, nach dem zu urteilen, was mir in die Nase stieg, ausführlich mit „Monsieur Balmain“ bespritzt.

„Hallo, Fred!" begrüßte er mich, ohne mit der Arbeit aufzuhören. „Triffst du Sophie heute?"
„Nein. Ihr Autogramm habe ich schon."
„Habt ihr immer noch Streit?"
„Ja, wir machen's wie Corneille."
„Wie bitte?"
„Pierre Corneille, schon mal gehört? 1606–1684. Französische Tragödie. Sagt dir ‚Le Cid' was?"
„Na klar. Suchst du dir deine gefühlsmäßigen Vorbilder jetzt in der Klassik? Das finde ich in Ordnung, Fred."
„Was hast du denn gedacht, Louis, auch ich habe eine gewisse Bildung."
„Bravo! Ich weiß ja nicht, was sich zwischen dir und Sophie abspielt, aber es ist mir nicht entgangen, daß du seit etwa einer Woche in der Krise steckst. Ich hoffe nur, daß deine schulischen Leistungen nicht darunter leiden."
„Mach dir keine Sorgen, Louis. Ich bewege mich immer noch im Mittelfeld."
„Warum versuchst du nicht, dich mit Sophie zu vertragen? Eure Liebe war so unverfälscht und intensiv . . ."
„Mit der Liebe ist es wie mit einem Ikea-Katalog, da ist alles drin!"
„Vor allem das, was man selbst dazu tut!"
Insgesamt betrachtet, ist Louis besser als ein Vater. Ich kann mit ihm über so viele Dinge reden. Wenn

mein Vater noch leben würde, wüßte er noch nicht einmal, daß es Sophie überhaupt gibt, soviel steht fest. Meine Mutter übrigens auch nicht. Einem Vater erzählt man, daß man unbedingt fünf Mark zum Flippern braucht, und einer Mutter, daß man so gerne eine enge Jeans hätte, am liebsten eine Levi's. Man erzählt ihnen nicht, daß man vor Liebe zu einem Mädchen vergeht, das die samtenste Pfirsichhaut aller Zeiten hat. Vielleicht besprechen Mädchen so etwas mit ihren Müttern? Mädchen sind ihren Müttern näher als Jungs ihren Vätern. Glaube ich zumindest. Werde ich aber nie mehr selbst ausprobieren können.
Nicht daß wir uns mißverstehen: Ich kann meinem Bruder nicht erzählen, daß ich megagestreßt bin, weil ich Sophie gleichzeitig liebe und nicht liebe. Und daß ich mich aus dem gleichen Grund selbst auch nicht mehr mag. Es gibt eben Dinge, die man weder seinem Vater noch seiner Mutter noch seinem Bruder erzählt, und noch weniger seiner Schwester, wenn sie so dickfellig ist wie meine. Es gibt Dinge, die man niemandem erzählt und von denen man auch selbst gar nichts wissen will.

Ich begann meine Zeitungsaktion mit einem kleinen Hintergedanken: Heute wollte ich die Tour bei Monsieur Houston beenden. Als er mir die Tür öffnete, trug er einen wollenen Morgenmantel und

rauchte eine Meerschaumpfeife. Das roch gut nach Wellen, Walfängern und Piraten.
„Hast du Lust, hereinzukommen, Fred?“
„Ja gerne, Monsieur.“
„Du kannst ruhig Clovis zu mir sagen.“
Im Grunde steckt hinter der knurrigen Fassade ein echt netter Typ, und heute hat er verstanden, daß ich Zeit hatte, ihm zuzuhören. Clovis hat nämlich eine Unmenge Geschichten drauf. Früher war er Zeitungsreporter, eine wahre Kämpfernatur von der Sorte, die schamhaft ihre Narben versteckt. Er ist durch Dutzende von Ländern gereist, von Norden nach Süden und von Osten nach Westen, er war bei blutigen Revolutionen dabei, bei Guerillakämpfen, Attentaten und Geiselnahmen. Clovis traf sich mit Helden und Mördern gleichermaßen. Die Länder der Erde kennt er wie seine Westentasche. Und die Namen von allen Flüssen und Bächen der ganzen Welt. Ich dagegen habe schon Probleme, mir die Seine, die Loire und den Rhein zu merken. Unter Clovis Houstons Freunden sind amtierende Staatschefs und gestürzte Präsidenten. Er hat mir Fotos gezeigt, die er in einer Schublade seines Bücherschranks aufbewahrt. Sieht so aus, als wären all diese Leute berühmt. Im Fernsehen wird über sie berichtet, und eines Tages stehen sie in den Geschichtsbüchern. Ich war platt, obwohl ich die Namen, die er mir auftischte, alle gar nicht kannte.

Außer Gorbatschow. Clovis war in der Datscha von Gorbatschow eingeladen, und Gorbatschow hat ihm zehn Kilo Kaviar angeboten. Angeblich kennt Gorbatschow jede Menge Belgierwitze – aber mehr als auf alles andere, Kaviar eingeschlossen, fährt Clovis auf Reptilien ab. Auf dem Gebiet ist er unschlagbar! In zwei Stunden habe ich mehr gelernt als in zwei Jahren Biologie.

Die Korallenschlange zischelt unter dem Laub, wo sie ihre Nahrung findet – meist kleinere Schlangen. Die Kobra lebt in Afrika, und ihr starkes Gift kann einen Elefanten umbringen, während die Klapperschlange in Mexiko einem Hirsch das Cucaracha-Tanzen beibringen kann. Die Netzpython kommt im südostasiatischen Birma vor und frißt Schweine und Hunde. Und die Boa erst! Die von Clovis, eine Boa constrictor, kommt aus Argentinien. Wie der Name schon sagt, erdrosselt sie ihre Beute durch Umschlingen.

Clovis hat mir gestanden, daß Elvis in Wirklichkeit nur zwei Meter vierundzwanzig lang ist, aber das ist ja auch schon phänomenal. Wie alle Boas hat auch Elvis zwei Lungenflügel, das ist einzigartig bei dieser Schlangenart. Die Zeichnung ihrer Haut ist absolut genial. So ungefähr wie bei einem kompliziert gemusterten Pullover.

Ich durfte zusehen, wie Elvis gefüttert wurde. Vor allem mit Eiern. Elvis braucht keine Pfanne, son-

dern verschlingt sie roh mitsamt der Schale. Dann gab Clovis ihm eine Eidechse, die Elvis mit Hilfe seiner Zunge mit dem Kopf zuerst vernaschte.
„Langweilt Elvis sich nicht in Paris?“ fragte ich Clovis neugierig.
„Nein. Er schläft ja dauernd. Er liebt das Licht, nachts lasse ich immer eine Lampe für ihn brennen.“
„Gehen Sie nie mit ihm Gassi?“
„Manchmal. Ich lege ihn in einen Korb und gehe mit ihm in den Bois de Boulogne. Aber die Spaziergänger erschrecken sich immer so!“
„Aber Sie sind doch sicher, daß er nicht giftig ist?“
„Nein, giftig ist er nicht, aber es tut ganz schön weh, wenn er zubeißt.“
Stimmt, Elvis hat ein mordsmäßiges Gebiß. Nach der Fütterung fiel er wieder in seinen gewohnten Dämmerzustand. Völlig fasziniert beobachtete ich ihn eine Weile. Clovis stopfte seine Pfeife mit holländischem Tabak, zündete sie mit einem Streichholz an und goß sich dann eine Tasse heißen Kaffee ein.
Er bot mir auch welchen an, aber ich lehnte dankend ab. Ich bin schon nervös genug.
„Wissen Sie was, Clovis?“ sagte ich plötzlich. „Es wäre ganz toll von Ihnen, wenn Sie mit Elvis mal in meine Klasse kämen.“

„Fändest du das wirklich gut?“
„Aber ja! Das wäre super! Meine Klassenkameraden wären hin und weg!“
„Und warum sollen deine Klassenkameraden hin und weg sein?“
„Weil meine Freundin Klassensprecherin werden will, und weil ich einfach nur will, daß sie meine Freundin bleibt ... Also, ich kandidiere auch bei der Klassensprecherwahl.“
„Ganz schön kompliziert, deine Geschichte.“
„Ja, einfach habe ich es mir noch nie gemacht.“
„Wie heißt denn deine Freundin?“
„Sophie.“
„Und du bist sehr in sie verliebt?“
„Nun, äh ... das ist von Tag zu Tag verschieden.“
„Ah, das Privileg der Jugend!“
„Die Jugend, das ist eine schwere Zeit.“
„Das sagt man nur, solange man noch mittendrin steckt. Und dann sehnt man sich nach ihr zurück und bereut, sie nicht besser genutzt zu haben.“
„Also im Bereuen bin ich nicht besonders gut. Was ist, Clovis? Sie haben mir wegen Elvis noch gar keine richtige Antwort gegeben.“
„Was meinst du, Elvis? Sollen wir unserem jungen Freund helfen?“
„Ich verspreche Ihnen, daß keiner sie anfaßt.“
„Ich werde es mir überlegen, mein Junge.“

Als ich nach Hause fuhr, hatte ich Schmetterlinge im Bauch. Clovis und Elvis hatten mir meine Lebensfreude zurückgegeben.
Ich ging sofort zu meinem Bruder, um ihm von meinen neuesten Erlebnissen zu berichten.
„Sag mal, Louis, hättest du gerne eine Schlange?"
„Eine Schlange? Wo denn? Hier etwa?"
„Na klar!"
„Mir kommen keine Tiere ins Haus, Fred. Aus Prinzip nicht. Nicht mal ein Hund oder ein Goldfisch."
„Aber warum denn nicht?"
„Weil, wenn wir zum Beispiel einen Hund hätten, dann müßten wir uns auch darum kümmern. Wir müßten ein paarmal täglich mit ihm rausgehen, ihn waschen, von Flöhen befreien und wer weiß was noch! Und an wem bliebe die ganze Arbeit hängen? An mir!"
„Aber eine Schlange ist ganz still und ruhig, weißt du?"
„Und wo pißt die hin, deine Schlange?"
„Keine Ahnung."

Acht

„Die anderen planen ein Streitgespräch zwischen dir und Sophie“, sagte Gros-Sabots.
„Ein Streitgespräch? Worüber denn?“
„Über die Klasse, stell dir vor!“
Ich war verblüfft. Obwohl mich langsam nichts mehr erschüttern kann, weil ja eh alles zusammenbricht.
„Über unsere Klasse? Was gibt's denn über unsere Klasse zu erzählen? Daß wir sechsundzwanzig Schüler sind? Daß die Mädchen ganz annehmbar sind? Und die Jungs eher ziemliche Idioten? Daß die Lüftung besser funktionieren könnte?“
„Es wird ernst, Fred! Bei einem Streitgespräch geht es nicht darum, Witze zu reißen.“
„Ach so, ich dachte.“
„Sophie wird ihre Argumente präsentieren. Das mußt du auch machen, Fred.“
„Soll ich meinen Lebenslauf runterbeten, oder was?“
„Irgendwie ja.“
„Na gut, bis auf die Tatsache, daß meine Eltern tot sind, habe ich nichts zu sagen.“

„Scheiße! Denk mal ein bißchen nach, Fred! Du mußt zum Beispiel unbedingt sagen, daß du uns in den Lehrerkonferenzen mit aller Kraft verteidigen wirst."
„Was hat das mit meinem Lebenslauf zu tun, Gros-Sabots?"
„Nun, wenn du sagst: Ich habe dies und das gemacht, dann ist das ein Beweis dafür, daß du dich für uns interessierst. Und das wäre gut, verstehst du?"
„Aber ich interessiere mich für gar nichts, Gros-Sabots. Und schon gar nicht für dreiundzwanzig andere Schwachköpfe!"
„Wieso dreiundzwanzig? Soweit ich weiß, macht sechsundzwanzig minus zwei immer noch vierundzwanzig."
„Ich zähle Sophie nicht zu den Schwachköpfen. Und ich habe nie gesagt, daß du zu den drei anderen gehörst, Gros-Sabots."
Mein Freund war echt genervt. Er wäre am liebsten mit einem Tennisschläger über mich hergefallen, wenn er einen gehabt hätte. Ich ärgere ihn gerne, das amüsiert mich. Ich ärgere ihn oft – jedesmal wenn ich ihm die Wahrheit sage.
Zorg kam mit langen Schritten auf uns zu, sein langgliedriger Körper ist so dünn wie ein Sardellenfilet. Athletisch ist Zorg wirklich gut entwickelt. Äußerlich jedenfalls. Ich kann mir nicht vorstellen,

daß er mal Rekorde bricht. Sein Verstand kommt nämlich nicht ganz mit.
Beim Fußball schätzen sie seine Flügelpässe und finden es toll, wenn er Thierry Roland oder Jean-Michel Larqué nachmacht.
„Das Streitgespräch findet nach dem Essen statt", sagte er.
„Und wo?"
„In der Turnhalle."
Ich fasse es nicht. „Und wo?" Ich habe gesagt „Und wo?" Das ist doch unglaublich, oder? Ich bin der größte Idiot aller Zeiten! Ich hätte mich wehren sollen, hätte Zorg sagen sollen, daß ich bei diesem Streitgespräch nichts zu suchen hätte, daß ich für die doch nicht den Clown spiele wie ein Politiker mit Aktentasche, daß ich bei dieser Wahl darauf verzichten würde, der Kandidat des starken Geschlechts zu sein. „Und wo?" Was ist bloß los mit mir?

Wir gingen wieder in die Klasse. Miss Giraud, die Englischlehrerin, überprüfte die Anwesenheit:
„Corniche?"
„Hier!"
„Dupanloup?"
„Hier!"
„Fergus?"
„Grönk!"

„Ist was, Fergus?"
„I'm sorry, Miss Giraud!"
„Well . . ."
Als Miss Giraud mit dem Truppenappell fertig war, meldete Zorg sich.
„Yes, Mister Zorgman."
„Äh, es hat nichts mit Ihrem Unterricht zu tun, Miss Giraud. Wir möchten Sie gerne bitten, das Streitgespräch zwischen Fergus und Sophie Martinez zu moderieren."
„Welches Streitgespräch, Mister Zorgman?"
„Es geht um die Klassensprecherwahl. Fergus und Martinez kandidieren beide dafür."
„Ich verstehe. Die Mädchen gegen die Jungs. Wann soll die Debatte stattfinden?"
„Nach dem Essen in der Turnhalle."
„Very well! Ich danke euch für euer Vertrauen und freue mich darauf, dieses einzigartige Match zu moderieren."
„Thank you very much, Miss Giraud!"
Ganz schön schlau von Zorg. Miss Giraud ist eindeutig die ideale Moderatorin: unabhängig und supergenau mit der Redezeit. Wenn Zorg nicht daran gedacht hätte, hätte einer von uns bei diesem Gipfeltreffen den Schiedsrichter spielen müssen. Wir hätten losen müssen – die einzige Möglichkeit, die beiden feindlichen Lager unter einen Hut zu kriegen. Wenn das Schicksal in Form von Kopf

oder Zahl mir einen Jungen beschert hätte, wäre das gut für mich gewesen, klar. Ein Mädchen hätte aber mit Sicherheit zu Sophie gehalten, hätte ihr mehr Redezeit zugestanden, hätte mich mitten im Satz unterbrochen und mir peinliche Fragen gestellt. Die Solidarität von Mädchen ist bekanntlich beispielhaft.
„Mit der Giraud wird schon alles gutgehen", versicherte mir Gros-Sabots, der zu dem gleichen Schluß gekommen war wie ich.
„Vor allem ist sie unparteiisch."

In der Mittagspause bekam ich nichts runter. Gros-Sabots pfiff sich ein Hormonhähnchen und Brokkoli mit Sahnesauce rein. Die anderen Kumpel kümmerten sich nicht großartig um mich. Ihrer Meinung nach waren die Würfel gefallen. Steve thronte am Tisch der Mädchen und biederte sich bei Patricia an. Nur Zorg wollte mich noch schnell briefen, bevor mein Stündlein schlug.
„Hast du deine Argumente beisammen?"
„Was für Argumente, Zorg?"
„Nun, schließlich mußt du all deine Trümpfe ausspielen, wenn du Sophie schlagen willst."
„Ach, Zorg, ich habe noch nicht einmal vier Siebener auf der Hand."
„Und bluffen? Hast du vergessen, wie man blufft? Du mußt ihnen Versprechungen machen, Fred!

Wahlversprechen gelten nur für die, die zuhören!"
„Wem soll ich denn was versprechen?"
„Den Mädchen, Mann! Völlig egal, was. Wir brauchen drei Stimmen von den Mädchen, um zu gewinnen. Um Lisa kümmere ich mich. Fehlen also noch zwei!"
„Die halten doch alle zu Sophie."
„Quatsch. Alles graue Theorie. Stell dir nur mal vor, wie neidisch manche auf ihren Erfolg sind."
„Meinst du wirklich, Zorg?"
„100%ig, Mann!"

Halb zwei. Zeit zu gehen. Zorg, Gros-Sabots und Éric nahmen mich in die Mitte, und so marschierten wir in die Turnhalle, wo es ekelerregend nach Schweiß stank.
In der Mitte, zwischen dem Pferd und dem Reck, standen ein Tisch und drei Stühle.
Die unbestechliche Miss Giraud wartete bereits und rauchte eine Mentholzigarette. Dann kam Sophie gefolgt von Patricia, Steve und Louise, der besten Französischschülerin der Klasse.
„Seid ihr alle da?"
„Ja, es kommt hin", sagte Zorg.
„Dann können wir ja anfangen."
Sophie und ich nahmen einander gegenüber Platz, Miss Giraud setzte sich in die Mitte.

„Wollt ihr euch erst mal vorstellen?"
Wir sagten beide ja. Allerdings hatte ich nicht die mindeste Ahnung, was ich Spannendes über meine Existenz und meine Werke zum besten geben sollte. Sophie sollte anfangen.
„Ich heiße Sophie Martinez und bin dreizehn Jahre alt. Seit meiner frühesten Kindheit spiele ich Klavier. In meiner Freizeit bin ich Schauspielerin – aber ich weiß noch nicht, was ich später werden will. Ich schwanke zwischen Ärztin, Apothekerin und Psychiaterin."
„Werd doch Funkenmariechen!" schrie Le Guennec.
„Ruhe, bitte!"
„Ich lache gerne", fuhr Sophie fort, „aber ich bin auch sehr aufmerksam in der Schule. Voilà, das war's über meine Person."
Etwa eine Minute lang hielt ich die Luft an. Aus meinem Mund kamen einfach keine Worte.
„Na los, wird's bald, Fergus?" stichelte Patricia.
„Laß ihn in Ruhe!" sagte Zorg scharf.
„Fangen Sie an, Mister Fergus!"
„Ja, also ... ich heiße Frédéric Fergus und bin dreizehn Jahre alt. Wenn ich groß bin, will ich ... will ich ..."
„Yes?"
„Ich will ... Familienvater werden!"
Alle haben sich köstlich amüsiert. Ich bin so rot

geworden wie eine Tomate aus der Provence. Da hatte ich mir vielleicht einen komischen Beruf ausgesucht! Sophie sah mich zärtlich an. Sie hatte offensichtlich gar keine Lust, sich über mich lustig zu machen.

„Das war's", fügte ich schließlich hinzu, damit die anderen mit ihren spitzen Bemerkungen aufhörten.

„Gehen wir zum eigentlichen Streitgespräch über! Wer möchte als erster reden?"

„Ich", sagte Sophie. „Ich bin der bescheidenen Ansicht, daß ich für den Posten der Klassensprecherin wie geschaffen bin. Ich habe Sinn für Freundschaften und bin bei allen Lehrern beliebt –"

„Lassen Sie bitte die Lehrer aus dem Spiel", wandte Miss Giraud ein.

„Wenn ich nicht der Meinung wäre, ich hätte diese Eigenschaften, würde ich gar nicht erst kandidieren. Wenn ich mich mit meinem Konkurrenten vergleiche, schneide ich absolut vorteilhaft ab. Fred ist sehr nett, aber er schafft es nicht, von der Klasse akzeptiert zu werden. Er ist ein Einzelgänger."

„Gar nicht wahr!" schrie ich.

„Jawohl! Außerdem weißt du das selbst am besten, Fred! Ich will dir das ja auch gar nicht vorwerfen, ich stelle es einfach nur fest."

„Keine Schläge unter die Gürtellinie!" heulte Zorg. „Wir kommen alle gut mit Fred aus!"

„Unter diesen speziellen Umständen, ja! Aber nach der Wahl laßt ihr euren hochgeschätzten Freund fallen wie eine heiße Kartoffel!“
„Ich gebe jetzt Mister Fergus das Wort“, sagte Miss Giraud.
„Danke, Miss. Also, was ich sagen will, ist: Das ist doch alles nur dummes Geblubber. Man hat gute und weniger gute Freunde im Leben. Das gilt auch für dich, Sophie! Ich bin davon überzeugt, daß dich nichts mit Patricia verbindet, das ist nämlich eine eingebildete Pute.“
Die Jungs klatschten.
„Ich mache Hackfleisch aus dir, Fergus!“ brüllte Patricia.
Ohne die Fassung zu verlieren, sprach ich einfach weiter:
„Ich denke, ich bin ebensogut, wenn nicht sogar besser geeignet, die Interessen der Schüler zu vertreten, natürlich auch die der Mädchen.“
„Du kannst dich doch noch nicht einmal selbst verteidigen!“ schnitt Sophie mir das Wort ab.
„Da täuschst du dich aber. Ich würde es dir auch liebendgern beweisen.“
„Pipapo! Wenn dich einer angreift, ziehst du dich in dich selbst zurück, Fred. Die reinste Schildkrötenstrategie! Wollt ihr eine Schildkröte als Klassensprecher?“
„Nein!!!“ grölten die Mädchen.

„Manche Schildkröten wiegen dreihundert Kilo und können Mädchen glatt zermalmen“, steuerte Cornichon, unser Wissenschaftler, unter einem Hagel spöttischer Bemerkungen bei.
„Also, ich behaupte jetzt mal“, sagte Sophie, „daß ich in unserer Klasse am beliebtesten bin.“
„Dabei spielt sie noch nicht mal Fußball!“ rief Zorg.
„Nee, weil ich was Besseres draufhabe: Ich bin im Fernsehen – und ich habe eine tolle Neuigkeit für euch! Ich lade alle zum Dreh der nächsten Folge von Familie Hammelkeule am Samstag nachmittag ein!“
Die Mädchen klatschten, und die Jungs sahen angesichts dieses taktischen Manövers von Sophie betreten aus der Wäsche. Und was mich betrifft: Diese Nachricht katapultierte mich direkt in den Weltraum.
„Bestechung gilt nicht, Sophie!“ sagte Zorg.
„Mister Zorgman hat recht“, meinte auch Miss Giraud, „Sie verhalten sich nicht ganz korrekt.“
„Aber ich hindere Fred doch nicht daran, die Klasse zu etwas anderem einzuladen.“
„Wenn das so ist: Samstag abend ist bei mir eine Fete angesagt!“
„Wow!!!!“ brüllten die Jungs.
Von nun an schrien sich alle heiser. Jeder wollte zu Sophies und meiner Präsentation etwas sagen. Miss

Giraud beendete offiziell das Streitgespräch. Zorg und Gros-Sabots rannten auf mich zu, um mich zu beglückwünschen.
„Bravo, Fred! Du hast sie gut in die Enge getrieben", sagte Zorg und schüttelte mir wild die Hand.
Gros-Sabots trat ungeduldig von einem Fuß auf den anderen. „Du hast gewonnen! Du hast gewonnen, Fred!"
Sophies Clan verließ die Turnhalle; außer Sylvie und Lisa, die auf uns zukamen.
„Wir halten zu dir, Fred!"
„Noch eine Stimme!" triumphierte Zorg.
„Im Moment steht's eins zu eins", fügte Gros-Sabots hinzu.
„Und bei Patt gewinnst du, Fred! Du bist der Ältere."
Ich lasse das Streitgespräch noch mal Revue passieren: Patricias heftige Reaktion, die lärmenden Jungs, die Rufe der Mädchen, Sophies schönes Gesicht mit der Himmelsfahrtsnase und der flatterhaften Ausstrahlung ... Ich werde gewinnen. Na und? Ich mache mich auf das Schlimmste gefaßt.
Aber kann es überhaupt noch schlimmer kommen?
Zu Hause erzählte ich Louis, daß ich Samstag eine Fete machen möchte. Da gibt's allerdings ein Pro-

blem: Großmama und Großpapa kommen an diesem Wochenende zu Besuch. Samstag abend werden sie da sein; das heißt, ich muß mich mehr ihnen als meinen Gästen widmen.
Ein Unglück kommt selten allein!

Neun

„Na, freust du dich? Du bekommst bestimmt wieder Bilderbücher zum Ausmalen“, lästerte Martine.
Großmama und Großpapa halten mich für ein Baby – sie können sich absolut nicht vorstellen, daß ich Musik höre oder Videos sehe. Das ist ihnen zu hoch.
Meine Großeltern sind exotische Wesen, denen man jede Kleinigkeit erklären muß, vor allem aber, daß ich gewachsen bin, daß ich kein kleiner Hosenscheißer mehr bin und daß ich Mädchen und Jungs inzwischen ganz gut auseinanderhalten kann. Trotzdem schenken sie mir weiterhin diese Bilderbücher zum Ausmalen, als wäre ich mental zurückgeblieben oder als hätte ich einen Playmobilsticker auf meinem Babyjäckchen.
„Ich mache morgen eine Fete“, sagte ich zu Martine. „Es wäre toll, wenn Marc mit seiner Band kommen könnte.“
„Glaubst du, der wartet nur darauf, Kindermädchen zu spielen?“
„Sei doch nicht so! Das ist unheimlich wichtig für

mich . . . Meine Wahl zum Klassensprecher hängt davon ab!“
„Ach, stimmt ja! Du hast also noch gar nicht verloren?“
„Ich bitte dich um einen Gefallen, Martine!“
„Und was kriege ich dafür?“
„Was du willst.“
„Ich werde darüber nachdenken.“
Ich bin sicher, daß mir das ein paar Stimmen einbringen würde, wenn Marc mit seinen Freaks zu meiner Fete käme. Eine Rockgruppe ist Gold wert, wahlwerbungstechnisch gesprochen. Ich glaube sogar, daß für viele meiner Schulkameraden Rock noch vor dem Fernsehen kommt. Für Gros-Sabots natürlich nicht – aber muß man wirklich auf den Geschmack und die Vorlieben eines Typen Rücksicht nehmen, der keine Folge von „Das Häuschen auf der Wiese“ verpaßt?
Ich brauche aber unbedingt die Erlaubnis von Louis, der glaubt, daß Marc einen Schaden hat. Ich übrigens auch.
Aber bleiben wir realistisch: Wenn einer mit so einem Schaden wie Marc meine Fete aufmischt, kann mir das nur nützen.
Die Wahl wurde auf Dienstag verlegt, weil für Montag eine Mathearbeit angesetzt wurde. Ich habe also noch drei Tage, denn der Sonntag zählt nicht.

Als ich heute morgen zur Schule kam, erzählte mir Zorg, daß zwei Jungs abspringen wollten. Das Blöde ist nur, daß Zorg nicht weiß, wer. Lisa hat ihm von dieser Katastrophe erzählt, aber mehr hat sie nicht verraten. Jetzt verdächtige ich jeden.
„Machst du immer noch deine Fete?“ fragte Gros-Sabots.
„Jetzt erst recht!“
„Und wenn die Mädchen sich weigern zu kommen?“
„Um seine Tanzpartnerin muß sich jeder Junge selbst kümmern.“
„Das könnte schwierig werden. Ich denke, ich nehme meine Cousine mit. Du weißt schon, die Rothaarige.“
„Die habe ich doch gar nicht eingeladen, Gros-Sabots!“
„Ja, aber, wenn wir Jungs nur unter uns sind, mit wem sollen wir denn dann tanzen?“
„Mit den Barbiepuppen meiner Schwester!“

Heute früh habe ich eine halbe Stunde mit Clovis und Elvis verbracht. Clovis schreibt ein Buch, einen Bericht über seine spannenden Abenteuer in Mexiko. Er hat mir erzählt, daß er einen Mayatempel entdeckt hat, genau wie in „Tim und der Sonnentempel“. Er weiß, daß in dem Tempel ein geheimer Schatz versteckt liegt, und will eine Expedition auf die Beine stellen, um ihn zu holen. Ich würde so gerne mitkommen. Ich sehe mich schon über die Hochebenen laufen, in Buschhemd und Shorts, einen Cowboyhut auf dem Kopf und Ray-Bans auf der Nase. Ich würde in einer Hängematte unter einem Moskitonetz schlafen. Ich würde lernen, wie man eine Generalstabskarte liest. Ich würde zünftig die Berge hochkraxeln und mich von Chilischoten und Tabasco ernähren. Wahrscheinlich würde ich sehr krank werden ... Am meisten fasziniert mich aber Elvis. Clovis hat mir erlaubt, ihm eine Eidechse zu geben, die ich ihm direkt vors Maul gehalten habe. Ich habe meine Hand aber schnell zurückgezogen – mit seinem Gebiß könnte Elvis mich ruckzuck verschlingen.

Ich habe einige Worte mit Sophie gewechselt. Mein Herz schlug wie ein Preßlufthammer. Aber nicht nur mein Herz spielte verrückt: meine Arterien waren verstopft, meine Bronchien zuckten, meine Venen blähten sich auf, und meine Hände machten einen auf Parkinson. Sophie dagegen war die Ruhe selbst.

„Kommst du morgen ins Studio, Fred?“

„Ich glaube nicht, nein.“

„Ich warne dich, wenn du nicht kommst, gehe ich nicht zu deiner Fete.“

„Soll das eine Drohung sein?“

„Eher ein Austausch schlechter Manieren. Also?"
„Also ja."
Wenn ich mich geweigert hätte, zum Dreh der nächsten Folge von Familie Hammelkeule zu kommen, wäre Sophie wirklich nicht zu meiner Abendveranstaltung gekommen. Was bedeutet, daß die anderen Mädchen auch nicht gekommen wären, nicht mal Steve!

Großmama und Großpapa sind heute abend um halb acht mit dem TGV am Bahnhof Montparnasse angekommen. Die ändern sich auch nie. Großpapas Eierkopf glänzt immer noch wie eine Weihnachtskugel, und auch sein dünner, grauer Schnurrbart und sein dreiteiliger Bankiersanzug sehen immer gleich aus.
Großmama läßt ein wenig mehr Phantasie springen: Sie wagt die Kombination eines Chanelkostüms mit einer Saint-Laurent-Bluse.
Der wogende, flatterhafte Stil à la Jean-Paul Gaultier ist offensichtlich noch nicht nach Bordeaux vorgedrungen.
Nach der Übergabe der unvermeidlichen Bilderbücher fühlte Großmama mir auf den Zahn.
„Arbeitest du in der Schule auch schön mit, mein Junge?" fragte sie und kniff mich mit ihren Wurstfingern in die Wange.

„Aber natürlich, Großmama."
„Das Leben ist hart, mein Schatz, da muß man sich ganz schön ranhalten."
„Ich bin voll dabei, Großmama."
Großpapa übergab Louis sechs Flaschen Saint-Émilion – einen Grand Cru –, und wir gingen ins Wohnzimmer, um uns zu unterhalten. Louis erzählte, daß er ein Drehbuch zu einem Film geschrieben hat, der nächsten Februar gedreht wird. Großpapa zog eine Theorie über die Risiken und Schwierigkeiten eines solchen Berufs aus dem Ärmel und gestand uns dann, daß Charlie Chaplin sogar ihn zum Lachen gebracht habe. Großmama fand Martine verfressen.
„Ich habe zuviel zu tun, das macht mir Angst, und schon nehme ich zu."
„Sie spielt Versuchskaninchen in einer Konditorei", lästerte ich.
„Man macht sich nicht lustig über korpulente Menschen!" ermahnte Großpapa mich.
„Du, Fred, bist dagegen viel zu dünn", fügte Großmama hinzu.
„Weil Martine mir meine Portionen wegißt."
Großmama und Großpapa schienen mich für schlecht erzogen zu halten.
Das ist normal, schließlich erziehe ich mich praktisch selbst. Ich improvisiere mich. Aber nein, ich übertreibe!

Louis kümmert sich um mich. Er überprüft meine Schularbeiten und beschränkt meinen Ausgang auf das tarifliche Mindestmaß. Trotzdem überläßt er mir eine Menge Verantwortung. Ich muß mich ganz allein damit rumschlagen, das Gute vom Bösen zu unterscheiden. Das Böse ist böse, wo es guttut, und das Gute ist genau da gut, wo es böse weh tut. Als wir ins Eßzimmer gingen, kam Großmama auf mich zu.

„Du pflegst ja immer noch deinen hübschen Humor mit einer Prise Frechheit, mein Junge“, sagte sie lächelnd. „Weißt du, als ich so alt war wie du, war ich auch ganz schön unverschämt. Oh, ich sagte öfter verdammt, als ich eigentlich sollte.“

Sie ist ein bißchen komisch, meine Großmama. Aber ich habe sie doch sehr gern. Ich werde versuchen, sie zu Fnac zu locken, damit sie mir ein Video kauft.

Während des Abendessens traktierte Großpapa uns ein weiteres Mal mit dem Zusammenbruch von 1940, der deutschen Besetzung, der Résistance, der Befreiung und den Steckrüben. An dem Tag, an dem das Thema in Geschichte drankommt, kriege ich mit Sicherheit eine eins.

Trotzdem frage ich mich, ob Großpapa wirklich so ein großer Anführer bei den Widerstandskämpfern war . . .

„Marc kann nicht zu deiner Fete kommen“, steckte mir Martine, als ich ins Bett ging.
„Warum nicht?“
„Er hat ein Konzert in einem Club in Nanterre.“
Ein Unglück kommt selten allein.

Zehn

Das war einfach ein furchtbarer Tag.
Als ich vom Zeitungaustragen nach Hause kam, rief Louis mich in sein Arbeitszimmer.
„Das geht klar mit deiner Fete, Fred", sagte er. „Ich gehe mit Großmama und Großpapa ins Theater. Danach gehen wir zum Chinesen. Wir werden kurz nach Mitternacht wieder hier sein, und ich mache dich in aller Freundschaft darauf aufmerksam, daß deine Freunde bis dahin verschwunden sein müssen und alles aufgeräumt sein sollte."
„Genial!"
„Hör genau zu, Fred! Keine Zigaretten, kein Alkohol, und die Musik wird auch nicht voll aufgedreht. Und daß mir keiner in die Zimmer geht!"
„Verstanden, Louis."
„Ich vertraue dir, Fred, enttäusche mich nicht!"
„Auf mich kannst du dich verlassen, Louis."
„Wenn du wüßtest, wieviele Typen, auf die man sich angeblich verlassen konnte, doch im Gefängnis gelandet sind!"
Louis ist der reinste Tropensonnenstrahl. Keiner kann mir das Leben so versüßen wie er.

Ich hatte bis mittags Unterricht. Als erstes zwei Stunden Sport im Freien.
Gros-Sabots und ich setzten uns am Rand des Fußballfeldes unter eine Eiche und machten eine Liste derjenigen, die zur Fete kommen würden: alle Jungs außer Dupanloup, der eine Wurzelentzündung hatte, und Steve, der mich nicht ausstehen kann; alle Mädchen bis auf Louise, die mit ihren Eltern übers Wochenende wegfuhr.
„Sieht doch gut aus", meinte Gros-Sabots.
„Yeah! Dreiundzwanzig zu sechsundzwanzig, das ist ja beinahe ein Selbstläufer."
„Ist dein Schwesterherz auch da?"
„Leider ja! Es sei denn, sie kratzt bis heute abend noch an einer Magenverstimmung ab."
„Hast du genug Platten?"
„Du kannst gerne noch welche mitbringen, wenn du willst."
„Und was ist mit den Getränken?"
„Die kaufen wir auf dem Rückweg von La Plaine-Saint-Denis."
Wir hatten mit Zorg beschlossen, alle zusammen mit der Métro zu den Studios zu fahren.

Mittags schlang ich schnell ein paar Bissen herunter. Großmama wunderte sich über diese Hektik.

„Ich muß mir mit einem Kumpel noch mal die letzte Mathearbeit vornehmen“, erklärte ich.
„Herzlichen Glückwunsch, mein Junge. Hat dein Freund denn auch was auf dem Kasten?“
„Aber ja! Er arbeitet viel zu viel! Seine Mutter muß Gewalt anwenden, damit er überhaupt ins Bett geht.“
Großmama lachte. Wenn sie wüßte, was für angekränkelte Gedanken mir durch den Kopf gehen! Mein Hirn – die Straße der Melancholie!

Erst holte ich Gros-Sabots zu Hause ab, dann trafen wir uns mit den anderen auf dem Bahnsteig an der Gare du Nord.
Ich war total entnervt wie eine Fritte in spritzendheißem Öl. Wenn ich entnervt bin, sage ich innerlich immer mit Höchstgeschwindigkeit einen blöden, selbst erfundenen Satz auf: Alles ist morbid beim Kosmopolit, der vom Satellit aus sieht, wie sich ein Bandit, der ihn einst verriet, von selbst verzieht.
Das hört sich dann ungefähr so an:
Allesissmorbidbeimkosmoplitdervomsatllitausieht-wiesichnbanditderihneinsverrietvonselbsverzieht.
Der Satz ist mir in einer besonders geisttötenden Mathestunde eingefallen.
Ich war erstaunt, daß Gros-Sabots eine große Sporttasche mit sich herumschleppte.

„Was ist denn da drin?“
„Plätzchen natürlich! Beim Fernsehen kriege ich immer Hunger!“
Zorg, Éric, Cornichon und die anderen waren alle schon auf dem Bahnsteig.
„Macht schneller, ihr Lahmärsche! Wir kommen noch zu spät!“ schrie Zorg.
Wir schoben uns in den ersten Wagen, die Jungs schubsten die Mädchen wegen der Sitzplätze. Ich auch.
Ich ziehe es vor zu sitzen. Ich hasse es, mich an die Metallstangen – diese Champs-Elysées der Mikroben – zu lehnen.
An der Porte-de-la-Chapelle stiegen wir in den Bus zur Église-de-Pantin, und schon waren wir da. Die Studios sind riesig. Hier werden Filme, Shows und wissenschaftliche Sendungen gedreht. Man stellt die Gesellschaft in den Studios nach. Eine Traumwelt aus dem Treibhaus!
Wir betraten die große Halle. Ein Mann transportierte eine Zimmerpflanze, zwei andere trugen eine Holzleiter.
Hostessen bedienten die Telefone, ein riesiger Kerl brüllte einem Zwerg mit einer roten Perücke etwas ins Ohr, ein wuscheliger Hund bellte, und Statisten warteten wie Hühner auf der Stange auf ein Casting.
„Wo müssen wir hin?“ fragte Éric.

Ich ging zu dem großen Schreihals, um mich zu erkundigen.
„Ah ja, ihr seid die Klasse von Sophie Martinez? Kommt mit . . ."
Sophie kam gerade aus der Maske. Sie strahlte und war ganz aufgekratzt. Patricia winkte ihr, und sie kam zu uns.
„Schön, daß ihr da seid!" rief sie. „Ich bin total im Streß, wir drehen die ganze Folge innerhalb von einer Stunde. Das ist very difficult!"
„Kannst du denn den ganzen Text auswendig?" fragte Sylvie.
„Ich bin doch durch die Schule gut im Training."
„So, und was machen wir?" fragte Gros-Sabots.
„Ihr schaut zu!"
„Kann man sich hier nirgendwo hinsetzen?" fragte Éric.
„Willst du vielleicht auch noch einen Nogger?"
„Auf deine Position, Sophie!" schrie ein Assistent.
„Bis gleich", sagte Sophie noch, bevor sie verschwand.
„Good luck!" rief Gros-Sabots hinter ihr her.
Ich konnte nicht anders, ich mußte ihm mit dem Ellbogen eins in die fette Wampe verpassen.
Das Komische ist, daß die ganze Dekoration nicht echt, sondern getürkt ist, oder jedenfalls fast: eine falsche Küche, eine Treppe, die nirgendwo hinführt, ein falsches Fenster, auf das ein Foto mit

blauem, sonnendurchflutetem Himmel geklebt ist, falsche Schnapsflaschen, ein gefälschter Renoir und unechter Teppichboden mit richtigem Staub. Nur das Sofa ist echt.
Eine Sitcom ohne Sofa ist schlicht nicht denkbar. Die Sitcom ist bestimmt von einem arbeitslosen Therapeuten erfunden worden.
„In diesem Ding ist ja alles gefälscht!“ sagte Zorg.
Der Regieassistent bat uns aufzupassen.
„Wir drehen zum ersten Mal vor Publikum“, erklärte er besorgt.
Vor uns saß, ziemlich gut im Futter, das Scriptgirl und verfolgte die Dialoge und Regieanweisungen in einem abgehefteten Manuskript voller roter Anmerkungen. Der Tonmeister schwenkte seinen Mikrophongalgen über die Schauspieler. Die Besetzungsdirektorin rauchte eine Gauloise nach der anderen. Die Bühnenarbeiter hielten sich sprungbereit für die Suche nach eventuell fehlenden Dingen. Sam Potin erklärte dem Regisseur, einem alten Hasen, dem in seinem Job keiner mehr etwas vormachen konnte, seine Vorstellung von dem Ganzen.
„Und los geht’s, Schätzchen!“ sagte plötzlich der Regisseur zum Scriptgirl.
„Okay, Jojo!“
„Drehen wir die ersten zehn Minuten?“

„Alles klar, Jojo!"
„Kamera läuft. Ton läuft. Und action!"
Als erste kam Sophie ins Bild. Sie öffnete die Tür, die den Eingang zur Wohnung der Familie Hammelkeule darstellen sollte, und gab dann die witzigen Dialoge aus der Feder meines Bruders zum besten. Die Mädchen lächelten. Die Jungs schauten gebannt zu. Was mich anging, ich zog nach außen meine Grimassen, aber innerlich war ich weniger kleinlich und bewunderte Sophie so wie alle anderen auch.
Meine Sophie. My love.
„Sie ist genial!" flüsterte Gros-Sabots mir zu.
„Als ob du das beurteilen könntest!" gab ich kühl zurück.
„Wir machen eine Pause!" schrie der Regisseur nach einer Weile, die wie im Flug vergangen war.
Sophie gesellte sich zu uns, während ihre Partner schnell einen Kaffee oder eine Cola hinunterstürzten.
„Bravo! Du bist echt super!" sagte Patricia enthusiastisch.
„Richtig klasse!" ergänzte Zorg.
„Oh, vielen Dank, Zorg! Du kritisierst mich gar nicht? Das ist aber erstaunlich!" Sophie setzte ihr fabelhaftes Lächeln auf.
„Ich bewundere die Schauspielerin, nicht die Kandidatin", antwortete Zorg schlagfertig.

„Und du, Fred? Wie fandest du mich?“
„Nicht schlecht.“
„Ist das alles?“
„Willst du, daß ich dir mit Fleurop ein Dutzend Rosen schicke, oder was?“
„Bleib cool, Fred! Wir sind nicht hier, um uns zu streiten.“
„Ich sag dir was, Sophie“, intervenierte Gros-Sabots. „Die Adjani kann sich einen anderen Job suchen. Du bist viel besser als sie.“
„Kommst du mit nach Hollywood, Fred?“ fragte Sophie mit ihrem speziellen Humor.
Ich spielte den Gleichgültigen. Ich hatte nicht die geringste Lust, Sophies Provokation mit einer häßlichen Bemerkung zu beantworten. Ich weiß nämlich genau, daß Sophie nicht so überkandidelt ist, sich schon bei MGM oder Fox zu sehen. Die Art des Herumscharwänzelns unter Cellophan à la Hollywood findet sie eher lächerlich. Gros-Sabots dagegen, der stellt sich Sophie direkt mit drei Oscars und einer Goldenen Palme von Cannes vor und sieht sich selbst schon beim Buffet nach der Preisverleihung einen pharaonischen Nachtisch verschlingen.
„Es geht weiter!“ brüllte der Regisseur.
Sophie fiel sofort in ihre Rolle zurück. Toll, so locker!
Wirklich, wenn ich die Adjani wäre, würde ich

einen bezahlten Killer damit beauftragen, sie um die Ecke zu bringen.
„Los, hauen wir ab“, sagte ich zu Gros-Sabots.
„Aber es ist doch noch gar nicht zu Ende!“
„Und was ist mit der Fete? Hast du die etwa vergessen?“
„Na hör mal, es ist erst vier Uhr, wir arbeiten doch hier nicht im Akkord!“
„Bis die hier fertig sind, haben wir schon Ausgangssperre!“
„Na gut, gehen wir!“
Ich sagte Zorg Bescheid, daß wir uns ausklinkten.
„Um acht bei mir. Nicht vergessen!“

Während der ganzen Rückfahrt sang Gros-Sabots das hohe Lied von Sophies Begabung. Es war echt peinlich.
„Wenn du nicht mein Freund wärest, würde ich sie wählen“, gestand er.
„Wenn dich das wirklich so fertig macht, können wir uns auch gerne streiten!“
„Aber worüber denn, Fred?“
„Ist doch egal.“
„Nein, im Ernst, ich verstehe gar nichts mehr ... Und außerdem sind wir doch schließlich Jungs! Wir müssen die Mädchen schlagen, darauf kommt es an!“

„Glaubst du etwa an den Krieg der Geschlechter?“
„Na klar! Wenn das so weitergeht, sitzen die Mädchen auf allen wichtigen Posten, und wir, wir haben alle Röcke an!“
„Du bist wirklich unwahrscheinlich blöde, weißt du das eigentlich, Gros-Sabots?“
Als wir wieder in Paris waren, starteten wir die Operation Fruchtsaft.
Wir gingen in ein Lebensmittelgeschäft in der Nähe unseres Hauses. Louis hatte mir dreihundert Francs gegeben.
In dem Laden gab’s eine Riesenüberraschung: Ich traf Gilles, der gerade Batterien für seinen Walkman kaufte. Gilles ist Martines Ex-Freund. Ich habe mich immer wunderbar mit ihm verstanden, der ist echt sympathisch, überhaupt kein Angeber, und er stammt auch nicht aus der Ur- und Frühgeschichte wie Marc.
„Hallo, Gilles!“
„Na, Fred, was machst du denn hier?“
„Ich bereite meine Fete vor.“
„Sag bloß! Du scheinst ja ein ausschweifendes Leben zu führen!“
„Ja, ich komme langsam in das richtige Alter!“
„Und deine Schwester?“
„Ach die, die war doch schon bei ihrer Geburt uralt.“

„Ist sie immer noch mit ihrem Schlußverkaufsrockstar zusammen?“
„Marc? Aber nein! Die haben längst Schluß.“ (Lügen kann ich auch.)
„Das wundert mich nicht, der Typ ist eine Null.“
„Apropos, hast du heute abend schon was vor, Gilles?“
„Nein.“
„Hättest du nicht Lust, zu meiner Fete zu kommen?“
„Da würde Martine wahrscheinlich ganz schön ausflippen.“
„Unsinn, ich bin ganz sicher, daß sie dich nicht vergessen hat!“
„Glaubst du wirklich, Fred?“
„Aber ja! Spielst du eigentlich immer noch Schlagzeug?“
„Na klar! Ich habe eine eigene Gruppe. *Die Kannibalen*!“
„Genial! Ich engagiere euch für meine Fete, dich und deine *Kannibalen*! Um acht bei mir, paßt dir das?“
„Bis gleich, Fred!“
Schwein gehabt.
Das werde ich der fetten Wachtel nie vergessen, daß sie so auf Musiker steht. Wäre Martine mit einem Chirurgen zusammen, könnte ich in unserem

Wohnzimmer eine Operation am offenen Herzen veranstalten, aber das würde meiner öffentlichen Beliebtheit nicht annähernd so gut bekommen. Außerdem wäre es eine ganz schöne Schweinerei.
Als ich Gros-Sabots mitteilte, daß am Abend auch die *Kannibalen* kommen würden, glotzte er mich an, als hätte ich vor seinen Augen einen Salto rückwärts zelebriert.
„Mach dir mal keine Sorgen, Gros-Sabots, das sind auch nur Fleischfresser wie du und ich."

Die Zeit verging.
Gros-Sabots und ich stellten die Orangensaft- und Colaflaschen in den Kühlschrank und machten uns dann an die Vorbereitung der Schnittchen. Louis hatte Ketakaviar, Krebsbutter, Pastete, Knoblauchwurst, gekochten Schinken und Toastbrot gekauft.
„Erwartest du Gäste, Herzchen?" fragte Großmama, die sich heimlich in die Küche geschlichen hatte.
„Öh ... ja, wir veranstalten einen Paukabend für die nächste Mathearbeit", antwortete ich wie im Reflex.
„Ihr seid ja vielleicht gut organisiert! Was passiert denn erst, wenn du deine erste Überraschungsparty gibst, mein Junge?!"

„Da kann ich ja noch ein Weilchen drüber nachdenken, Großmama."
Gros-Sabots arrangierte unter Aufbietung aller Kräfte höchst künstlerisch die kalten Platten. Ich ging weniger methodisch vor und verzichtete auf großartige Verzierungen.
Ich redete auch nicht, ich dachte nach. Erst als Martine plötzlich hereinkam, kehrte ich in Windeseile auf den Boden der Tatsachen zurück.
Wie vorauszusehen war, ging sie sofort auf den Kaviar los.
„Du machst mir alles kaputt!" knurrte Gros-Sabots.
„Ich will doch nur mal probieren!"
„Geh in deine Höhle zurück, Martine!"
„Von wegen, schließlich bin ich es, die heute abend auf euch Gören aufpassen muß."
„Das trifft sich gut. Ich habe nämlich eine Überraschung für dich!" sagte ich halb witzig, halb giftig. „Und ich kann dir nur raten, dich liften zu lassen, wenn du dich nicht lächerlich machen willst."
„Was für eine Überraschung denn, Sturkopf?"
„Eine überraschende Überraschung!"
Martine bohrte nicht weiter. Wahrscheinlich dachte sie, daß ich sie nur ärgern wollte: Pawlowscher Reflex!
Sie fraß noch ein bißchen von dem Kaviar und ging dann.

„Sieh dir das an, Fred!“ klagte Gros-Sabots. „Meine Kaviarplatte sieht nach nichts mehr aus! Ich muß noch mal ganz von vorne anfangen!“

„Tja, mein Schwesterherz, beim Kaviar ein Attila!“

Pünktlich um sieben kam Gilles mit zwei Kumpels, Bongo und Mobutu, einem Bassisten und einem Gitarristen. Zum Glück machte ich gerade selbst die Tür auf! Martine war noch in ihrem Zimmer im Exil, und Louis zog sich für den Theaterbesuch um. Großmama und Großpapa schauten auf die Instrumente der *Kannibalen*, als handele es sich um Wasserstoffbomben.

„Regt euch nicht auf“, riet ich ihnen, „Gilles ist der große Bruder von meinem Freund Gros-Sabots. Er schaut nur mal kurz rein. Aber er hat Angst, daß man ihm das Zeug aus dem Auto klaut, deshalb schleppt er es hier hoch.“

„Und diesen Umzug veranstalten Sie jedesmal, wenn Sie das Auto kurz stehenlassen?“ forschte Großpapa.

„Reine Vorsichtsmaßnahme!“ antwortete Gilles, der kapiert hatte, daß meine Großeltern nicht gerade Fans der Top Ten sind. Und hier im Viertel gibt es wirklich ganz schön viele bewaffnete Raubüberfälle!

„Man ist nirgendwo mehr sicher!“ sagte Großmama.

Louis kam aus seinem Zimmer, aufgemotzt wie ein Animateur im Varieté, und unterbrach auf diese Weise die verworrene Diskussion.
„Wir können gehen!“ sagte er auffordernd zu Großmama und Großpapa.
„Schönen Abend!“ wünschte ich und begleitete sie bis vor die Wohnungstür, nachdem ich Großmama in ihren Nerz geholfen hatte.

Als die Tür endlich zu war, atmete ich tief durch. Das konnte man bestimmt bis Orléans hören.
„Wo sollen wir denn aufbauen?“ fragte Gilles.
„Im Wohnzimmer. Die Sessel und das Sofa schmeißen wir raus!“
Bongo und Mobutu packten mit an, so war das schnell geschafft.
„Und deine Schwester?“ fragte Gilles ungeduldig.
„Sie ist in ihrem Zimmer. Warte, ich werde mich mal erkundigen!“
Ich ging ans Ende des Flurs und klopfte an Martines Tür.
„Wer ist da?“
„Ich bin's!“
Martine saß im Kostüm auf dem Bett und hielt einen Wattebausch in der Hand.
„Hey, meine Bude ist kein Wartesaal.“

„Was machst du denn da? Gleich kommen meine Freunde."
„Bist du blind? Ich sorge mit Gurken-Make-up für den Feuchtigkeitshaushalt meiner Haut."
„Hast du dich gegen diese Schweinerei wenigstens impfen lassen?"
„Go home, Sturkopf!"
„Du wirst erwartet ..."
DRIIIING!!!
Zorg, Éric, Patricia und Sylvie waren da. Angesichts der Umstände bekam ich sogar etwas geschenkt: eine CD von Prince, eine erdbeerfarbene Boxershorts, einen Abenteuerroman von Kessel und das „Krieg der Sterne"-Plakat.
„Ich wußte ja gar nicht, daß eine Gruppe spielt, Fred!" rief Zorg, angenehm überrascht von den *Kannibalen*.
„Das sind Freunde von mir."
„Und ich dachte, du kaufst dir Scheiben aus der Zeit vor der Erfindung der Musik, Fred!" zickte Patricia.
„Wartet nur ab, gleich legen sie los!"
Gilles und seine Jungs waren mit dem Aufbau fertig und stimmten sich ein.
„Laß uns mal den Lautsprecher ausprobieren", sagte Gilles zu mir. „Wir spielen einen unserer eigenen Songs!"
Gilles ist nicht nur Schlagzeuger, er singt auch. Ich

glaube, er schreibt sogar die Texte. Als Intro spielte Mobutu ein Gitarrensolo, dann legten sie los: speediger Rock, da fielen einem die Ohren ab. Und der Text hatte mit den Stanzen von Corneille aber auch gar nichts zu tun.

Bei meinem Krach
da bringt's kein Bach

Ich find es toll
bei Rock'n Roll

Musik aufdrehn
und voll drauf stehn

Das ruckt und zuckt
wenn alles fluppt

Ich bin der King
besser als Sting

schnell und heiß
das ist nice

linkes Bein, rechtes Bein . . .
und so weiter.
DRIIIING!!!
Die nächsten zehn.

Hallo! Wie geht's? Und dir? Küßchen!
Und prompt erschien auch Martine, in schwarzen Leggins, Pulli von Kookaï und Nikes. Der Song der *Kannibalen* hatte sie an die Decke gehen lassen. Als sie Gilles sah, wie er sein Schlagzeug bearbeitete, wurde sie erst grau, dann blau, dann grün, dann Technicolor!
„Was hat Gilles hier zu suchen?" brüllte sie mir aufs Trommelfell.
„Nun, Marc konnte ja nicht, und da mußte ich mir ja wohl eine andere Band suchen!"
„Und da hast du natürlich an Gilles gedacht! Du hältst mich wohl für blöd, was?"
„Es war reiner Zufall, ich schwör's, Martine!"
„Ich sage dir, du kriegst einen Riesenärger. An deiner Stelle würde ich schon mal meine Knochen numerieren!"
Sie war stinksauer. Ich ließ die Ohren hängen und stellte mir schon vor, wie meine Fete in einer allgemeinen Schlägerei endete.
Nach dem ersten Lied stand Gilles von seinem Hocker auf und ging auf Martine zu. Ich war davon überzeugt, daß sie aufeinander losgehen würden, aber nein! Martine beruhigte sich wieder, und Gilles strahlte sie glücklich an.
Rührend!
Ich überließ sie der Wiedersehensfreude, denn gerade war Sophie angekommen. Sie war überragend

– ihr Anblick ließ das Packeis schmelzen und die Pinguine dazu. Ich hatte sie noch nie in solchen Klamotten gesehen, sie trug einen Parka mit Kapuze, ein T-Shirt mit der Aufschrift „Herald Tribune" und eine lange Lederhose.
„Du bist großartig, Sophie!" stammelte ich.
„Danke, Fred!"
„Möchtest du einen Orangensaft?"
„Ja, gerne. Meine Kehle ist schon ganz trocken."
Mobutu und Bongo spielten weiter, aber die Songs waren etwas ruhiger. Zorg tanzte mit Lisa und Éric mit Patricia. Gros-Sabots lag der Länge nach auf dem Teppich und amüsierte sich mit den Pastetentoasts. Alle schienen sich wohl zu fühlen.
Sophie ging mit mir in die Küche, um noch mehr Schnittchen zu schmieren. Ich wußte nicht mehr, wie ich mit ihr ins Gespräch kommen sollte.
„Bravo, Fred! Klappt doch alles", sagte sie als erstes.
„Findest du wirklich?"
„Ja . . . Ehrlich gesagt, ich bin ganz überrascht. Mit der Band, und überhaupt! Echt gelungen, Fred!"
„Dachtest du etwa, ich wäre unfähig, eine Fete zu organisieren?"
„Du bist zu allem fähig, Fred!"
„Soll das ein Kompliment sein?"
„Wie du meinst!"
„Ich mag diese Situation nicht, Sophie."

„Welche Situation?"
„Na, unsere! Deine Kandidatur und meine, diese Konkurrenz . . ."
„So ist das eben, Fred! Wir repräsentieren nun mal verschiedene Interessen."
„Du redest, als wärst du erwachsen, Sophie!"
„Weil wir uns auf einer Erwachsenenebene befinden, Fred! Das ist wie die Liebe, das ist auch was für Erwachsene."
„Warum? Weil es so ernst ist?"
„Ja, es ist sehr ernst, Fred."
Gros-Sabots stürmte in die Küche.
„Was macht ihr denn da? Ihr werdet schon vermißt!"
Die *Kannibalen* machten eine Pause. Zorg hatte eine CD auf die Platine gelegt, und etwa zwölf Leute tanzten hemmungslos. Was mich umhaute, war, daß Martine mit Gilles rumknutschte. Adios, Marc! Ich war nicht gerade unzufrieden mit dieser Umkehrung der Verhältnisse. Eine stabile Liebesgeschichte ist offensichtlich nicht das richtige für mein Schwesterherz.

Es war elf Uhr. Wenn man Spaß hat, drehen sich die Uhrzeiger in einer unglaublichen Geschwindigkeit. Plötzlich kam Zorg aus der Küche geschossen – in jeder Hand hielt er eine Flasche Sekt.

„He, seht mal, was ich im Kühlschrank gefunden habe! Sekt!“ brüllte er in den Raum.
„Du spinnst wohl, Zorg! Die gehören meinem Bruder!“
„Heute wird gefeiert, Fred! Das muß begossen werden, oder etwa nicht?!“
Ich kam nicht mehr dazu zu protestieren. Zorg ließ die Korken schon knallen. Als ich aber merkte, daß Martine nicht über die Maßen schockiert war, sagte ich auch nichts mehr.
Sophie tauchte ihren Zeigefinger in die perlende Flüssigkeit in ihrem Glas und tupfte sie sich hinter die Ohren.
„Was machst du denn da?“
„Das ist magisch, Fred.“
Einen kurzen Moment lang hatte ich das Gefühl, wir wären schon groß. Und das war auch magisch.
Das letzte langsame Schmalzlied lief. Ich verschmolz mit Sophie und zog ihre schmale Taille fest an mich heran. Mein Herz schlug Purzelbäume.
Gilles, Bongo und Mobutu räumten ihre Sachen ein. Die Kumpels verschwanden nach und nach zu zweit oder zu dritt.
„Wenn du so weitermachst“, versicherte mir Zorg, als er mir die Hand schüttelte, „bist du in zwei Jahren Direx.“

„Es war echt super!“ sagte auch Éric.
Gros-Sabots fragte mich leise, ob er die restlichen Toasts mit Pastete mitnehmen dürfe.
„Dir wird bestimmt schlecht, Mann.“
„Ach, Quatsch! Die Pastete ist aus Schweinefleisch. Und Schwein ist fein!“
Dann war Sophie dran, mir Gute Nacht und süße Träume zu wünschen. Ich wagte nicht, sie zu küssen. Aber sie! Sie ist mir immer eine Nasenspitze voraus.
Sophie ging, ohne sich noch mal umzudrehen. Ich mußte mich ungeheuer zusammenreißen, um nicht loszuschluchzen.
Keiner war mehr da bis auf Gilles und die beiden anderen Musiker. Martine verabredete sich mit Gilles. Marc würde sich etwas einfallen lassen müssen. Gilles im übrigen auch. Im Grunde tut es mir ein bißchen leid, ihn in die Krallen meiner Schwester zurückgeführt zu haben.
„Ciao, Fred!“
„Ciao, Gilles! Und tausend Dank für alles!“
„Das Vergnügen war ganz meinerseits.“
Eine Viertelstunde später war alles wieder aufgeräumt.
Ich machte im Wohnzimmer und in der Küche das Licht aus.
„Gute Nacht, Martine.“
„Nacht.“

„Bist du froh, daß du dich mit Gilles wieder verstehst?“
„Ich vertraue mich doch keinem Primaten an, der die Pubertät noch nicht hinter sich hat!“
„Meinst du damit mich oder Marcounet?“
„Armer Spinner!“

Elf

Ich schlief bis zum Mittag. Ich war völlig fertig. Außerdem hatte mir der Sekt die Eingeweide verbrannt. Dann mußte ich einen Mülleimer voller benutzter Pappbecher und leerer Flaschen runterbringen.
Bloß kein Frühstück. Ich hatte mir den Magen verdorben. Der verdammte Ketakaviar schwamm darin rum.
„Wenn du nichts ißt", sagte Großpapa, „wirst du nie groß und stark und kannst auch nicht zum Militär!"
„Kriegsgefangener, das würde ihm gut bekommen!" meinte Martine säuerlich.

Ich ging mit Großmama ins Kino; wir sahen ein schönes Rührstück mit wunderbaren Wesen, die sich lieben, sich nicht mehr lieben und sich dann in einem telefonischen Happy-End doch wieder lieben. Großmama schwärmt für diese rührseligen Schinken, ich dagegen habe mich zu Tode gelangweilt. Außerdem fand ich die Hauptdarstellerin potthäßlich, und ihr Verlobter war einfach eine

Null – verzichtet freiwillig darauf, mit seiner Sekretärin in die Karibik zu flüchten.

Am Abend fuhren meine Großeltern nach Bordeaux zurück. Wir brachten sie zum Bahnhof Montparnasse. Sie küßten und umarmten uns fünfundzwanzig Mal, bevor sie sich endlich entschieden, in ihren Waggon zu klettern. Ich mußte Großpapa hoch und heilig versprechen, mich in der Schule ranzuhalten. Er gab mir einen Hundertfrancsschein, von dem ich mir eine CD kaufen sollte. Der hat ja keine Ahnung, wie teuer alles ist! Großmama kündigte an, daß sie mir zum Geburtstag ein schönes Geschenk schicken würde. Ich bin allerdings sicher, daß sie sich nicht einmal mehr an das genaue Datum erinnern kann.
Schließlich fuhr der TGV ab.
„Das hätten wir geschafft!" seufzte Louis.
„Wann kommen sie wieder?"
„Oh, komm! Für dieses Jahr ist es doch wohl gut gewesen!" rief Martine.
„Sei nicht so gemein, Martine, sie sind toll!" sagte Louis verstimmt.
„Wenn sie schlafen."

Zwölf

Montag.
Die Mathearbeit habe ich gut hingekriegt. Da kriege ich eine gute Note, das steht fest. Es sei denn, ich werde disqualifiziert, weil Gros-Sabots alles bei mir abgeschrieben hat. Der hat sich nämlich doch den Magen verdorben, weil er sich so vollgefressen hat auf der Fete und danach.
Aber der schönste Augenblick des Tages, der kam nach dem Mittagessen. Ich spielte meine Trümpfe aus, wie Zorg sagen würde.
Wir hatten Biologie, und die Lehrerin wußte Bescheid, daß ich ein Kaninchen aus dem Hut zaubern würde.
Als Clovis mit seinem Weidenkorb in die Klasse kam, kapierte keiner, was er bei uns zu suchen hatte.
„Ist das ein Vertreter?" murmelte Gros-Sabots, der sich dank des Einsatzes von Natriumbikarbonat gerade noch aufrecht halten konnte.
Ich ging zur Tafel, um meinen staunenden Mitschülern einige Erklärungen zu liefern:
„Ruhe bitte! Ich bin stolz und glücklich, euch mei-

nen Freund Monsieur Houston vorstellen zu dürfen! Monsieur Houston ist ein großer Reptilienexperte; netterweise hat er sich bereit erklärt, hierherzukommen und uns etwas über seine Boa namens Elvis zu erzählen."

Nicht unzufrieden mit der verblüfften Stimmung in der Klasse, kehrte ich auf meinen Platz zurück.

Clovis holte Elvis aus seinem tragbaren Zuhause. Meine Mitschüler riefen Ah und Oh beim Anblick des schuppigen Giganten. Louise, die der Tafel am nächsten sitzt, sprang auf und versteckte sich ganz hinten im Klassenraum zwischen der Schrankwand und dem Heizkörper.

Ich mußte Elvis streicheln, um die Ängstlicheren zu beruhigen.

Mir fiel auf, daß Sophie sehr interessiert war. Die Lehrerin, die bisher immer gedacht hatte, ich sei allergisch gegen Tiere, kriegte sich gar nicht mehr ein. Es fehlte nicht viel, und sie hätte mich geküßt und vielleicht sogar mit dem Orden für Verdienste um die Landwirtschaft ausgezeichnet!

Ich übergab dann an Clovis, der einen mit vielen Anekdoten angereicherten Vortrag hielt.

„Sag mal, Fred", fragte Gros-Sabots, „dieser Typ, ist das nicht der, der Insekten frißt?"

„Du hast wirklich ein phänomenales Personengedächtnis, Gros-Sabots!"

„Und ich wußte gar nicht, daß du ein Privatleben neben deinem Privatleben führst, Fred!“
„Tjaa, Doktor Jekyll und Mister Hyde!“
Als Clovis mit seiner Entwicklungsgeschichte der Boa constrictor fertig war, schlug er vor, daß jeder Elvis mal zu einer Rolle biegen sollte. Man solle den Kopf und den Schwanz gut festhalten, damit er sich nicht wieder aufrollen könne.
Zorg, fies wie immer, tat so, als wollte er Elvis auf Louise werfen, die vor Schiß beinahe in Ohnmacht gefallen wäre.
Sophie bewies, daß sie die Mutigste war, indem sie Elvis auf den Kopf küßte.
„Würg!“ machte Patricia.
Cornichon erzählte uns, daß sein Vater in der Provence mal von einer Viper gebissen wurde, so daß man ihn mit einem Notarzthubschrauber nach Marseille ins Krankenhaus bringen mußte.
Es war ein bißchen wie auf der Kirmes. So oft kriegen wir ja auch nicht Besuch von lebenden Exemplaren.
Es schellte. Die Stunde war zu Ende. Die Lehrerin bedankte sich begeistert bei Clovis, der Elvis wieder in dem Weidenkorb verstaute.
Ich brachte die beiden bis zum Schultor.
„So, Fred, bist du mit mir zufrieden?“ fragte Clovis und stopfte seine Meerschaumpfeife.
„Es war ganz toll!“

„Was meinst du, bekommst du nun mehr Stimmen von deinen Artgenossen?"
„Keine Ahnung ... Aber das hat mir echt Spaß gemacht, etwas vorzuführen, was bisher nur ich allein kannte!"
„Es ist gut, sein Wissen zu teilen, Fred."
„Ich habe das Gefühl, daß ich in der letzten Zeit tierisch offen geworden bin für den Rest der Welt."
„Du hast noch einen langen Weg vor dir, Fred", erklärte Clovis, bevor er davonging.

Auf dem Schulhof sprachen alle von Clovis, Elvis und mir. So ist das also, wenn man beliebt ist! Ich wette, ein beliebter Typ kann auch noch seine Spur im Dreck verkaufen.
Die Jungs umringten mich und überschütteten mich mit Fragen:
„Wer ist das überhaupt?"
„Schläft seine Schlange bei ihm im Bett?"
„Kann man in Paris Boas kaufen? Wenn ja, wo?"
„Macht man aus diesen Tieren Handtaschen?"
„Und dein Bruder, schreibt er demnächst eine Sitcom, in der eine Boa vorkommt?"
Steve sagte, wenn man schon eine Zirkusnummer in der Schule abzieht, dann doch bitte mit Trapezkünstlern – im allgemeinen wären das phantastisch aussehende Mädchen!

Gros-Sabots erzählte, daß Clovis Insekten fresse und daß man davon Malaria bekomme.
Sophie bedachte mich mit einem strahlenden Lächeln, einfach umwerfend. Ich habe nichts gesagt. Ich hatte nichts hinzuzufügen. Wir machten weiter im Stundenplan.
„Und dein Houston, züchtet der Hühner zum Eierlegen für seine Boa?“ fragte Gros-Sabots.
„Nein, Strauße.“

Dreizehn

Heute morgen war D-Day, der heiß ersehnte und schwer gefürchtete Tag der Klassensprecherwahl. Meine *Figaro*-Tour erledigte ich wie ferngesteuert. Ich war klatschnaß vor lauter Angstschweiß; bei den Schwitzflecken unter meinen Armen versagt sogar Gallseife.

Zorg hatte als Wahlurne einen Schuhkarton mit einem Schlitz in der Mitte mitgebracht. Er stellte ihn auf das Lehrerpult.

Die Wahl war geheim, aus Respekt vor der Meinungsfreiheit.

Ich hatte eine Gänsehaut. Oh, ich zweifelte nicht an meiner schmählichen Niederlage, keineswegs! Ich hatte Angst, ganz einfach.

Gros-Sabots kaute sein Kaugummi mit der Lässigkeit eines Ochsen.

„Geht's, Fred?"

„Na klar."

„Glaubst du noch dran?"

„Wo dran?"

„Na daran, daß du gewählt wirst."

„Ist mir doch egal!"

„Also, ich glaube an fifty-fifty. Aber möglich ist alles!"
Sophie fixierte fromm ihr Aufsatzheft. Zorg und Patricia diskutierten in einer Ecke. Einen Moment lang fragte ich mich, worüber sie wohl sprachen. Ich sollte es bald erfahren ...
Die Wähler strömten zur Urne. Ich schrieb einen Namen auf ein Stück Papier, das ich erst vierfach, dann achtfach faltete. Als ich es in den Schuhkarton gleiten ließ, seufzte ich innerlich. Es war vorbei, oder jedenfalls fast. Zorg wählte als letzter.
„Jetzt gehen wir zur Auszählung über", verkündete er mit einem beinahe sardonischen Lächeln.
Patricia entfaltete all die kleinen Zettel, die Zorg laut vorlas:
„Zorg ... Zorg ... Corniche ... Zorg ... Fergus ... Zorg ... Martinez ... Martinez ... Zorg ... Patricia ... Chevreau ... Chevreau ... Chevreau ... Chevreau ... Chevreau ... Chevreau ..."
Ich verstand die Welt nicht mehr!
„Chevreau ... Fergus ... Chevreau ... Chevreau ... Chevreau ... Chevreau ... Chevreau ... Chevreau ... Chevreau ... Voilà ... !"
Ergebnis: 5 Stimmen für Zorg, 2 Stimmen für Fergus, 2 Stimmen für Martinez, 15 Stimmen für Chevreau und eine ungültige Stimme. Gewählt wurde Patricia Chevreau!"
„Und meine Stimme?" schrie Cornichon.

„Annulliert!" lästerte Éric.
Ich war völlig verblüfft. Alle klatschten. Zorg kam auf mich zu, nachdem er Patricia umarmt hatte.
„Bist du sehr enttäuscht, Fred?"
„Ich bin total platt, Zorg!"
„Verstehst du, wir wollten nicht, daß die Wahl euch auseinanderbringt, Sophie und dich! Ihr zwei seid doch so verliebt!"
Ich sah Gros-Sabots an, der unerschütterlich eine Tafel Schokolade in Angriff nahm.
„Und, wußtest du Bescheid?"
„Nein! Ich habe dich gewählt, Fred! Ich schwör's dir!"
„Das ist wirklich nett, Gros-Sabots ... Ich habe also genau zwei Freunde in der Klasse!"
Richtig, ich habe nicht mich selbst gewählt, sondern Sophie! Ist doch logisch!
Und da hinter der Logik immer eine noch logischere Logik steckt, ist es Sophie, der ich meine zweite Stimme verdanke.

In der Pause lief ich wieder neben Sophie. Alles kommt wieder in Ordnung. Louis hat mir eine kleine Rolle für die nächste Folge der Familie Hammelkeule geschrieben. Ich werde ein Verehrer von Sophie sein. Ich darf sie sogar küssen! Alle Zuschauer wissen dann, daß ich sie liebe ...

„Na, Sturkopf, bist du auch schön durchgerasselt?" mokierte sich Martine.
„Nein, im letzten Moment habe ich meine Kandidatur zurückgezogen. Das Lernen hat Vorrang!"
„Mein Armer, du kannst einem wirklich leid tun!"
„Sieh doch mal selbst in den Spiegel!"
Ich bin verliebt.
Das Leben ist schön. Sophie ist die Erwählte meines Artischockenherzens. Und umgekehrt.